KB114666

헌터세계의 귀환자

FUSION FANTASTIC STORY

김재한 장편소설

헌터세계의 귀환자 3

김재한 장편소설

초판 1쇄 찍은 날 § 2019년 1월 22일
초판 1쇄 펴낸 날 § 2019년 1월 29일

지은이 § 김재한
펴낸이 § 서경석

총괄팀장 § 최하나
편집책임 §최광훈

펴낸곳 § 도서출판 청어람
등록번호 § 제387-1999-000006호
등록일자 § 1999. 5. 31
어람번호 § 제1-2996호

주소 § 경기도 부천시 부일로 483번길 40 서경B/D 3F (우) 14640
전화 § 032-656-4452 팩스 § 032-656-4453
http://www.chungeoram.com
E-mail § chungeorambook@daum.net

ISBN 979-11-04-91926-8 04810
ISBN 979-11-04-91899-5 (세트)

FUSION FANTASTIC STORY

김재한 장편소설

3

헌터세계의 귀환자

청어람

헌터세계의 귀환자

Contents

Chapter16

혹한의 전장

1

헌터라는 직업 세계에는 프리랜서가 극히 드물다.

하지만 아주 없는 것은 아니었다.

한국을 통틀어서 채 10명도 안 되긴 하지만, 용우 말고도 프리랜서로 일하는 자들이 있었다.

그들 대부분은 힐러였다.

현재 한국의 배틀 힐러는 단 2명, 서용우와 지윤호뿐이다.

하지만 전장에 투입되는 힐러가 배틀 힐러만 있는 것은 아니다.

특히 재정이 넉넉한 상위권 팀은 힐러를 게이트 바깥에만 대기시키지 않고 반드시 내부에도 투입한다.

그들의 역할은 게이트 안쪽의 캠프에 대기하다가 부상자가 발생할 시에 대응하는 것이다. 전투원들의 엄호를 받으며 전장 깊숙한 곳까지 들어가야 하는 경우도 발생하기에 결코 안전한 입장이 아니었다.

프리랜서 대부분은 그런 힐러들이었다.

하지만 한국의 프리랜서 헌터 중에는 3명의 전투원들이 존재한다.

온갖 소문이 따라다니는 정체불명의 올라운더 제로.

대중의 관심을 꺼리는 것으로 유명한 배틀 힐러 서용우.

그리고 5세대 각성자이며 한국 헌터 업계의 근접전투 최강자로 인정받는 차준혁.

제로와 차준혁이 만난 것은 5월 초, 울산에서였다.

         *   *   *

헌터 업계에서 그 헌터의 존재감을 형성하는 것은 실적이다.

재능이 있다. 실력이 뛰어나다…….

그런 평가를 받는 자들은 많다.

하지만 실제 작전에서 전술 수행을 위한 좋은 부품 이상으로 평가받는 이는 드물다.

그런 의미에서 제로는 충격의 데뷔전 이후, 아직 채 1년도 지나지 않았음에도 누구도 무시할 수 없는 존재감을 확보한 인물이었다.

백원태와 오성준이라는 걸출한 인물들이 지지하는 것도 있지만, 무엇보다 그의 실적은 파격적이다 못해 비현실적이다.

헌터 업계 내부에서 그의 정체를 궁금해하는 목소리가 끊이지 않을 정도로, 모든 면에서 상식을 초월하는 능력을 보이는 유일무이한 올라운더.

그가 수직 이착륙 수송기에서 내려서 걸어오는 것만으로 일순간 사방이 조용해졌다.

모두가 그에게 시선을 집중시킨 것이다.

"저게 제로인가?"

"소문대로군. 현장에서도 절대 얼굴을 보이지 않는다더니."

"전장에도 장비 없이 돌입한다더니 그것도 사실인가 본데."

사람들이 수군거리는 가운데, 한 사람이 제로에게 다가갔다.

180센티를 넘는 장신에 수염을 멋지게 기른 세련된 용모의 남자, 팀 이그나이트의 CEO 다니엘 윤이었다.

"오랜만입니다, 제로."

"그렇군요."

그와 악수하는 용우의 눈빛은 의미심장했다.

하지만 헬멧의 바이저에 가려져서 다니엘 윤은 그 사실을 알아차리지 못했다.

"오늘은 잘 부탁합니다."

울산에 발생한 50미터급 게이트 제압 작전이 시작되려 하고 있었다.

"우리 팀은 작년에 입은 피해를 완전히 복구하지 못한 상황이라, 만전을 기하고 싶었습니다."

50미터급 게이트의 발생 빈도는 생각보다 높다.

2027년 한 해 동안 한반도에서 50미터급 게이트가 발생한 횟

수는 6회.

그리고 2028년 들어서는 2번째 발생이었다.

팀 이그나이트 1부대는 작년 말, UN의 요청으로 해외 파견을 나갔다가 6세대 부대원 2명이 전사하는 뼈아픈 사태를 겪었다.

일단 인원을 확충하긴 했지만 아직 그때의 전력을 완벽하게 회복하지는 못했다고 자평하는 상태다. 새로 영입한 7세대가 잠재력을 개화하여 1부대에 들어오기까지는 아직 좀 더 시간이 필요했다.

"무엇보다 이번 게이트는 제한 시간이 짧습니다."

현재 50미터급 게이트는 게이트 브레이크까지 6시간 27분을 남기고 있었다.

이 정도 규모의 게이트치고는 상당히 시간이 짧은 편이다.

그만큼 작전 시간이 짧아질 수밖에 없기에 위험도가 높아진다.

"7등급이 출현할 경우에는 제로 당신과 차준혁, 두 사람이 전술의 중심이 될 겁니다."

지금의 제로에게는 그 정도의 존재감이 있었다.

그가 참전했다는 이유로 전술의 중심이 바뀔 정도로.

"그리고 개인적으로는… 최악의 사태를 대비하는 마음도 있습니다."

"어떤 경우 말입니까?"

"지휘관 개체나 군주 개체가 나오는 사태 말입니다."

그 말에 용우는 납득하고 고개를 끄덕였다.

소규모 게이트에서도 지휘관 개체가 출현하면 공략 난이도가 확 올라간다.

50미터급에서 지휘관 개체나 군주 개체가 출현한다면 그야말로 악몽일 것이다.

물론 그들이 6, 7등급 몬스터조차도 통제할 수 있는가가 관건이겠지만…….

'무인 병기로 주의를 끌어서 흩어놓는 작업을 못 하는 것만으로도 전술이 엉망이 되지.'

인류의 대(對)몬스터 전술은, 특히 고등급 몬스터와의 전투는 그들의 지능이 낮다는 점에 기대는 면이 컸으니까 말이다.

다니엘 윤이 인사를 마치고 물러나자 용우는 작전 브리핑을 들으러 가려고 했다.

"당신이 제로입니까?"

약간 힘없는 목소리로 그렇게 물은 남자는 독특한 외모의 소유자였다.

헝클어진 긴 백발을 뒤로 질끈 묶었는데 염색한 것 같지는 않았다. 마치 나이 든 노인처럼 자연스럽게 탈색된 것 같은, 그런 느낌을 주는 색이다.

'알비노도 아닌데.'

피부는 구릿빛이고 눈은 진한 흑갈색을 띤 걸 보면 알비노도 아니었다.

"그렇습니다. 당신은?"

상대가 존대했기에 용우도 같은 태도로 대했다.

"처음 뵙겠습니다. 차준혁이라고 합니다."

"명성은 많이 들었습니다."

용우는 헬멧 안에서 좀 의외라는 표정을 지었다.

겉으로 보기에 차준혁은 그리 강해 보이는 인상이 아니었다. 약간 멍한 인상의 잘생긴 청년이다.

게다가 체격도 별로 크지 않았다. 몸은 빈틈없이 단련되어 있는 것 같지만 키는 170센티를 겨우 넘기는 정도다.

'어떻게 싸우는지 궁금하군.'

하지만 용우는 그가 약할 거라고는 생각하지 않았다.

그의 마력장이 지구로 돌아온 후로 만난 그 어떤 헌터보다도 정밀하게 통제되고 있기 때문이었다.

각성자들은 다들 무의식적으로 약간씩 마력 파동을 흘리고 다닌다. 통제력이 뛰어난 자들이라고 해도 대부분 마찬가지다. 얼마나 조금 흘리냐의 문제일 뿐이다.

하지만 차준혁은 가만히 있는 상태에서는 전혀 마력 파동이 퍼져 나가지 않았다.

남들과는 차원이 다른 통제력을 가졌다는 뜻이었다.

"왜 그러십니까?"

용우와 인사를 나눈 차준혁이 다니엘 윤에게 다가가 물었다.

본래 차준혁은 팀 이그나이트 소속이었다.

2년간 팀 이그나이트 소속으로 일하면서 명성과 인맥을 쌓은 뒤 독립해서 프리랜서로 뛰고 있었던 것이다.

비록 팀에서 나갔다고는 하지만 지금도 팀 이그나이트가 필요로 하면 언제든지 달려와 주는 구원투수 역할을 하고 있다. CEO인 다니엘 윤이 그의 독립을 지지해 주었고, 일감을 따주기도 하면서 긴밀한 사이를 유지했기 때문이라고 알려져 있었다.

"음? 뭐가 말인가?"

"지금 표정이 굉장히……."

"어땠는데?"

"뭔가 안 좋은 예감이 맞아떨어졌다는, 그런 표정이었습니다만."

"그냥 최악의 사태가 안 벌어졌으면 좋겠다고 걱정했을 뿐이다."

다니엘 윤은 웃어넘기고는 화제를 돌렸다.

"어땠나, 제로와 만난 소감은?"

"자세한 건 싸우는 걸 봐야 알겠지만… 그냥 봐도 보통이 아니라는 건 알겠습니다."

"어떤 점에서?"

"마력장이 아예 느껴지지 않습니다."

"음?"

"아마 길거리에서 지금의 그를 만난다면… 각성자라는 걸 알아차리지 못할 겁니다."

차준혁이 심각한 표정으로 말했지만 다니엘 윤은 그 심각성을 이해할 수가 없었다.

그 이유는 차준혁이 천재이기 때문이다.

5세대 각성자 중 각성자 튜토리얼에서 세계 최고 성적을 기록한 그는 업계의 모두가 입을 모아서 불가사의하다고 말할 정도로 상식을 파괴하는 재능의 소유자였다.

그래서인지 세상을 보는 그의 감각은 다른 각성자들과는 동떨어져 있는 면이 있었다.

"그러니까… 마력의 통제력이 뛰어나다는 건가?"

"그렇습니다."

"어느 정도로? 나도 이해할 수 있게 예를 들어봐라."

"음……."

차준혁이 고개를 갸우뚱하더니 말했다.

"그러니까… 여기 모인 헌터들을 대부분 북한산 정도라고 치죠."

"왜 하필이면 북한산이냐?"

"그럭저럭 높은 산 아닙니까?"

"딱히 높은 산은 아니지만 낮은 산도 아니지. 뭐 그렇다 치고?"

"거기에 비교하면 저는 에베레스트 산 정도 됩니다."

"……."

너무 노골적인 자화자찬이라 뭐라고 말을 해야 할지 모르겠다.

하지만 그렇게 말하는 차준혁에게는 전혀 우쭐거리는 기색이 없었다.

"그럼 제로는?"

"성층권이나 중간권쯤 되는 것 같습니다."

왜 산을 예로 들다가 갑자기 성층권이나 중간권이 튀어나온단 말인가?

"너보다 더 대단하다, 그런 뜻으로 말하는 거 맞아?"

"그렇습니다."

"다른 사람도 아니고 네가 그렇게 말하다니… 그도 천재적인 재능의 소유자인 건가?"

"그건 잘 모르겠군요."

차준혁이 고개를 갸웃했다.

"무슨 뜻인가?"

"그의 통제력은 타고난 재능은 아닌 것 같습니다."

"재능이 아니라면 고도로 단련된 기술일까?"

"그것도 정답은 아닌 것 같습니다."

"그럼?"

"저도 모릅니다. 하지만 어쨌든 그 두 가지는 아닙니다. 마치 교차로를 지나가는데 한가운데 겹겹이 시체가 쌓여 있는 것 같은……."

"……."

역시 이 녀석의 감각은 잘 모르겠다.

다니엘 윤은 그렇게 생각하며 그를 브리핑 현장으로 보냈다.

*　　　　　*　　　　　*

50미터급에서 7등급 몬스터가 출현하는 것을 행운이라고 생각하는 이들은 없다.

그것은 불운이다.

아무리 그것을 제압 가능한 전력을 보유했더라도 마찬가지다.

특히 이번 작전은 게이트 브레이크까지의 제한 시간이 빡빡하다. 리스크가 큰 전투는 되도록 피하고 싶은 것이 모두의 심정이었다.

"젠장, 나왔군."

따라서 정찰로 7등급 몬스터가 발견되었을 때, 팀 이그나이트 1부대의 헌터들이 욕설을 내뱉은 것은 비난할 수 없는 일이었다.

지휘부는 발 빠르게 움직였다.

7등급 몬스터가 출현했을 경우를 상정한 전술로 움직이기 시작했다.

"얼음용인가."

드론이 촬영한 7등급 몬스터의 영상을 본 용우가 중얼거렸다.

게이트 내부 필드는 눈 덮인 산악 지형이었다.

상당히 가혹한 환경이다.

기온은 영하 27도에 바람이 세게 불고 있어서 체감온도는 그보다 훨씬 더 낮았다.

그리고 그 가혹함만큼이나 아름답고 몽환적인 풍경이다.

산악 지형을 빼곡히 채우고 있는 숲은, 지구의 숲처럼 침엽수림이 아니라 환영의 불꽃이 나뭇잎 대신 하늘거리는 풍경이었기 때문이다.

그 속에서 전신이 새하얀 암석과 얼음으로 이루어진 용이 쿵쿵거리며 이동하고 있었다.

몽환적인 숲속을 헤치며 나아가는 그것은 현실의 존재라기에는 너무나 아름답고 위압적이다.

상상 속의 드래곤처럼 목이 길었고 머리에는 상앗빛을 띤 뿔이 돋아나 있다. 그리고 얼음으로 만들어진 눈동자 안쪽에서는 온도가 없는 푸른빛이 불꽃처럼 일렁거리면서 존재감을 발한다.

긴 목으로부터 몸통과 꼬리가 이어지는데 주둥이부터 꼬리 끝까지의 길이는 50미터에 달한다. 저만큼이나 거대한 존재가 자유롭게 움직인다는 게 믿어지지 않는 크기다.

그리고 무엇보다 눈에 띄는 것은 날개다.

편의상 '날개'라고 부르고 있지만 그것은 진짜 날개와는 다르다.

환상처럼 푸른 불길이 등에서 분출되고 있다. 마치 망토처럼 펄럭이는 그것은 얼음용의 의지에 따라서 조종되는 한기 발생 장치다.

용우는 드론이 촬영한 영상을 보며 생각했다.

'확실히 7등급부터는 '생명체'라는 인상이 희박하다 못해 없지.'

암흑거인도 그렇고 이 얼음용도 그렇다.

극단적으로 성향이 치우친 에너지 덩어리가 괴물의 형상을 띠고 움직이고 있을 뿐이라는 느낌이 든다.

[코어 몬스터는 7등급 얼음용, 6등급 얼음나무장로, 6등급 은색눈곰으로 판명.]

[5등급 몬스터는…….]

빠르게 정찰 데이터가 쌓여간다.

그리고 서포터들이 무인 병기를 이용, 위험도가 높은 몬스터들의 이목을 끌어서 뿔뿔이 흩어놓고 수를 줄이는 작업에 들어갔다.

'규모가 이 정도 되다 보니 어쩔 수 없이 작전 시간이 길어지는군. 하필 혹한이라 기계도, 사람도 힘든 환경이고… 남은 시간

을 생각하면 작전이 꽤 빡빡하겠어.'

용우는 실시간으로 업데이트되는 전술 데이터를 보면서 생각했다.

아직 정찰이 끝나지 않은 이 시점, 게이트 브레이크까지는 불과 5시간 42분이 남아 있었다.

2

퍼스트 카타스트로피 이후 인류의 대(對)몬스터 전투 능력은 가파르게 상승해 왔다.

그 핵심이 되는 것은 바로 원거리 타격 능력이다.

보다 먼 곳에서, 보다 정확하고 강하게 타격할 수 있게 되면서 인류는 더 강력한 몬스터를 잡을 수 있게 되었다.

즉, 헌터 업계 최정예라 불린다는 것은 그만큼 원거리 타격 능력이 출중하다는 뜻이다.

게이트 브레이크까지 앞으로 3시간 7분.

[얼음나무장로 클리어!]

팀 이그나이트는 상당수의 5등급 이하 몬스터들을 처리한 뒤 6등급 몬스터, 얼음나무장로를 쓰러뜨렸다.

게이트 브레이크까지 앞으로 2시간 10분.

[은색눈곰 클리어!]

팀 이그나이트는 게이트 안에서 발견된 2마리의 6등급 몬스터를 모두 잡아냈다.

이때까지 용우와 차준혁은 아무것도 하지 않았다.

이유는 2가지다.

일단 팀 이그나이트 1부대는 어떤 환경에서든 6등급 몬스터를 피해 없이 잡을 자신이 있었다.

그리고 용우와 차준혁은 7등급 몬스터, 얼음용 공략의 핵심이었기에 최대한 체력과 마력을 온존시켜 줄 필요가 있었다.

지휘부가 세운 작전은 간단했다.

위험성이 높은 6등급과 5등급을 포함, 몬스터들의 개체수를 어느 정도 줄이고 나면 용우와 차준혁이, 저격수 8명과 무인 병기의 지원을 받으면서 얼음용을 쓰러뜨린다.

'이놈들… 진심이었군. 아니, 물론 브리핑을 장난으로 하진 않겠지만.'

사실 용우는 이 작전을 듣고는 어이가 없었다.

팀 이그나이트의 분위기는 상당히 독특했다.

아니, 독특하다 못해 기묘하게까지 느껴질 정도였다.

'유연성이 뛰어난 정도가 아니잖아.'

정상급 팀의 분위기는 이미 팀 블레이드와의 작전을 통해서 겪어보았다.

그렇기에 팀 이그나이트 또한 비슷할 거라고 생각했는데 전혀 아니었다.

설마 외부인 2명을 중심에 두고 그들에게 작전의 성패를 거는 작전이라니, 외국인들이 다수 포함되어 있는 팀 이그나이트는 실로 파격적인 유연성을 보여주고 있었다.

콰광… 콰과과광!

멀리서 연달아 폭음이 울려 퍼지고 있었다.

7등급 얼음용은 그 등급만큼이나 강대한 몬스터다.

하지만 딱 한 가지 약점이 있는데, 그것은 즉각적인 원거리 공격 능력이 없다는 점이다.

얼음용은 광범위하게 적용되는 눈 폭풍을 일으킬 수 있지만 한순간에 주변을 빙결시켜 버리는 능력은 컨디션이 최고조일 때도 200미터 범위에 국한된다.

그렇기에 거리를 유지한 채로 원거리에서 두들겨 대는 것이 얼음용 공략의 전부라고 봐도 과언이 아니었다.

'문제는 시간인가.'

주어진 시간과 자원은 한정적이다.

아무리 뛰어난 헌터들이더라도 쓸 수 있는 마력은 제한되어 있으며, 게이트 브레이크까지는 앞으로 2시간밖에 남지 않았다.

콰과과광!

서포트 팀이 화력을 집중한다.

5킬로미터 이상 떨어진 곳에서 무인 포대들이 원거리 포격을 날리고, 대형 드론들이 고도를 날면서 반응 탄두가 탑재된 항공 폭탄을 투하한다.

'벙커 버스터만 5발째……'

역시 7등급 몬스터를 상대하다 보니까 화력을 아끼지 않는다.

몽환적인 아름다움을 자랑하던 숲은 이미 초토화되어서 불길과 연기에 휩싸여 있었다.

하지만 그런 화력 집중에 5명의 저격수가 고용량 증폭 탄두로 난타하는 데도 얼음용은 멀쩡한 모습이다. 허공장이 조금씩 깎여 나갈 뿐, 본체에는 전혀 타격을 주지 못하고 있는 것이다.

처음에는 우왕좌왕하며 두들겨 맞던 얼음용은, 허공장이 80% 이하로 깎이는 순간 모든 것을 무시하고 한 지점으로 이동하기 시작했다.

[젠장. 얼음용, 포인트—22로 이동 중. 방향을 바꾸지 않는다. C—1은 바로 이동하도록. 드론과 사륜 바이크를 지원한다.]

얼음용이 공격을 무시하고 돌진하자 막을 방법이 없었다.

저격수들이 곧바로 이동하기 시작했다. 사정거리에 들어가는 순간 끝이기 때문이다.

"안 되겠군. 잡히겠어."

차준혁이 굳은 얼굴로 중얼거렸다.

그의 말대로였다.

저격수들은 고지대에 자리를 잡고 얼음용을 두들겨 대고 있었다.

그렇기에 그 자리를 이탈하는 속도가 늦다. 서포터들이 보내 준 고지대 이동용 드론에 매달린 채로 내려와서 사륜 바이크에 타고 이동하지만 얼음용이 다가가는 속도가 더 빨랐다.

저대로라면 30초 안에 거리가 200미터 안쪽으로 줄어들 것이다.

그 거리에서 얼음용의 빙결 파동이 터지면 살아날 방법이 없다.

용우가 차준혁의 어깨를 툭 치며 말했다.

"갑시다."

"음?"

"일격을 먹이고 이탈합시다. 그걸로 놈의 시선을 끈 다음에는 내가 유인하죠."

"이 시점에서 말입니까?"

차준혁이 놀라서 물었다.

아직 얼음용의 코어 에너지 반응은 90% 이상, 허공장은 80% 이상 남아 있다.

차준혁은 한국 최고급 마력에 체외 허공장까지 가진 근접전의 스페셜리스트지만, 그럼에도 지금의 얼음용에게 다가가는 순간 얼음 기둥으로 변해 버릴 것이다.

"한 방은 내가 막아주겠습니다. 그리고 한 방만 막으면 충분히 이탈할 수 있어요."

"…믿어보죠."

차준혁이 양손 대검을 쥐면서 말했다.

우우우우우!

곧 차준혁의 배틀 슈트가 곳곳에서 푸른빛을 발하기 시작했다. 그도 M슈트를 입고 있었던 것이다.

용우가 말했다.

"서포터 팀. 공격 중지하도록. 우리가 진입한다."

[뭐라고? 이 타이밍에?]

"C-1이 퇴각할 시간을 벌어주겠다."

[잠깐! 그런 미친……!]

용우는 무전을 무시하고 차준혁과 함께 텔레포트 스펠을 발동했다.

다음 순간, 두 사람은 얼음용의 목 위에 있었다.

화아아악……!

영하 150도의 한기가 휘몰아치는 광풍에 실려서 두 사람을 덮쳤다.

파지지지지직!

차준혁이 펼친 허공장이 격렬한 스파크를 일으켰다. 근거리에서 얼음용의 허공장과 스치는 것만으로도 격렬하게 마모되고 있는 것이다.

'길어봤자 15초……!'

차준혁은 이를 악물었다.

M슈트로 출력을 증폭시키고 있는데도 허공장이 무시무시한 속도로 깎여 나간다. 15초만 지나도 그의 허공장은 사라져 버리고, 그는 얼음용의 허공장에 압사당하고 말 것이다.

'간다!'

텔레포트 전부터 이미 준비는 하고 있었다. 그렇기에 시간 끌지 않고 곧바로 스펠을 발한다.

ㅡ염마용참격(炎摩龍斬擊)!

극한의 압박이 가해지는 상황에서 그가 혼신의 일격을 날렸다.

그것은 근접전투계 헌터들이 애용하는 용참격의 상위 스펠이다. 초고열을 머금은 빛의 칼날이 10미터 길이로 뻗어나가면서 얼음용의 허공장을 갈랐다.

'호오.'

그것을 본 용우의 눈이 이채를 발했다.

'이 녀석, 마력이 공식 데이터보다 높군.'

차준혁은 공식적으로 한국 최고 마력 보유자 중 하나로 알려져 있었으며, 데이터상으로는 페이즈11이다.

하지만 여유 없이 혼신의 힘을 다해야만 하는 상황에서 용우는 그가 페이즈12에 도달했음을 알아차렸다.

[머, 멈췄다!]

서포터들이 놀라는 소리가 무전으로 날아들었다.

차준혁의 일격은 얼음용의 허공장을 뚫고 그 거대한 목에 작은 상처를 남겼다.

그리고 그것이 무작정 저격수를 쫓아 달리던 얼음용의 발길을 멈추게 만들었다.

그 직후였다.

화아아아아아아악!

어떤 조짐도 없이, 얼음용의 전신이 순백의 폭발을 일으켰다.

*   *   *

일순간이었다.

눈 한 번 깜빡할 찰나 만에 반경 200미터를 얼려 버리는 극저온의 한기 파동이 터져 나간 것이다.

[안 돼!]

서포터들이 내지르는 비명을 들으면서 차준혁은 경악하고 있었다.

'이런 미친!'

그가 용우의 제안을 따른 것은 다니엘 윤에게서 귀띔받은 바가 있었기 때문이다.

그리고 그는 비상할 정도로 감이 좋았다.

그 감은 일상생활에서는 쓸모가 없지만 전투 상황에서는 거의 초능력처럼 그를 지켜주었다. 그리고 그 감이 용우의 제안을 따라도 좋다고 알려주었던 것이다.

"에너지가 넘치는 상황에서는 이 정도인가. 일부러 받아본 건 확실히 좀 무모한 짓이었군. 마력이 거의 절반은 깎였어."

용우는 주변을 보며 중얼거렸다.

그와 차준혁의 주변에 두꺼운 얼음벽이 형성되어 있었다.

그것은 용우가 펼친 허공장 위로 형성된 얼음벽이었다.

콰지직······!

그 얼음벽이 깨져 나간다.

적을 처치했다고 생각하는 얼음용이 다시 이동하기 시작했기 때문이다.

─텔레포트!

용우는 차준혁을 데리고 얼음용의 목 위에서 이탈, 원래 대기하던 2킬로미터 떨어진 고지대에 내려주고 말했다.

"자."

그리고 아공간에 넣어두었던 차준혁의 양손 대검 한 자루를 던져주었다.

이 또한 이번 작전에서 핵심이 되는 요소였다.

용우가 아공간에 차준혁의 장비를 잔뜩 넣어두고 필요할 때마다 바로바로 새것을 공급해 주는 것.

마력이 높은 근접전투원에게 있어서 고민거리 중 하나는 고등급 몬스터를 전력으로 공격할 경우 무기가 망가질 확률이 높다는 것이다.

그렇기에 그들은 늘 공격의 위력을 적당한 수준으로 컨트롤하다가 결정적인 기회가 올 때만 전력 공격을 가하고는 한다.

하지만 바로 옆에서 바로바로 무기를 제공해 주는 존재가 있다면 훨씬 제약 없이 힘을 발휘할 수 있는 것이다.

양손 대검을 받아 든 차준혁은 믿을 수 없다는 듯 말했다.

"당신 정말 미쳤군……."

그는 알아차리고 있었다.

용우가 얼음용의 빙결 파동을 일부러 그 자리에서 받아냈다는 것을.

마음만 먹었으면 얼마든지 빙결 파동이 터지기 전에 이탈할 수 있었는데도 일부러 그런 선택을 한 것이다.

저등급 몬스터도 아니고 7등급 몬스터를 상대로 그런 짓을 하다니, 미치광이가 아니고서야 그럴 수가 없다.

'하지만 더 말도 안 되는 건… 진짜로 아무런 대미지 없이 받아냈다는 거다. 어떻게 그럴 수가 있지?'

허공장만으로 받아내는 건 마력이 인간의 한계를 아득히 뛰어넘지 않고서야 불가능하다. 아무리 차준혁의 허공장과 중첩했다고 해도.

'이 남자의 마력은 나보다 위다. 적어도 페이즈13, 어쩌면 14 이

상…….'

용우가 차준혁의 마력이 페이즈12임을 알아차렸듯이, 차준혁도 용우의 마력이 비상식적으로 높다는 사실을 알아차리고 있었다.

'하지만 거기에 M—링크 시스템으로 증폭되었다는 것까지 감안해도 지금의 방어는 불가능해. 빙결에 대응하는 +α가 있었던 건가?'

차준혁이 경악할 때 용우가 헬멧 속에서 웃었다.

"잠깐 대기하고 있으시죠. 저놈 시선 좀 끌러 다녀올 테니."

용우는 그렇게 말하더니 아공간에서 마력 포션을 꺼냈다.

그것은 마력석을 가공, 특정한 몬스터의 시체로부터 추출한 물질과 합쳐서 만든 농축액이다. 앰플 형태로 제공되기에 자동 주사기를 팔뚝에다 대고 쓰기만 하면 되었다.

"흠……!"

앰플 하나당 150만 원이나 하는 마력 포션이 주입되자 마력 기관에 급격히 활력이 돌았다.

'효과 끝내주는군.'

얼음용에게 접근해서 한 방 때리고 이탈하는 것으로만 4할이 넘는 마력이 날아갔다.

그런데 그 마력이 급속도로 차오르고 있었다.

문제는 한 번 쓰면 4시간 동안은 쓸 수 없다는 것이지만…….

'필요하면 적당히 몬스터들한테서 빨아먹으면 되겠지.'

다른 헌터들이라면 모를까, 용우는 그 문제를 해결할 방법을 갖고 있다.

그는 아공간에서 대(對)몬스터 저격총, 제우스의 뇌격을 꺼내 들었다.

'자, 얼음용. 고작 600미터다. 이 정도면 꽤나 먹음직해 보이는 거리겠지?'

눈에 보이는 지점으로 한 번 텔레포트해서 얼음용과의 거리를 좁히고, 블링크 2번으로 가장 좋은 포인트로 이동한 용우가 조준을 마치고 방아쇠를 당겼다.

─염동염마탄(念動炎魔彈)!

고열이 응축된 에너지탄이 극초음속으로 날아가 얼음용을 때렸다.

콰아아아아아앙!

저격은 한 발로 끝나지 않는다.

2발, 3발, 4발······.

다른 이들의 저격보다 현격히 높은 위력으로, 그것도 연달아 날아드는 저격에 얼음용이 돌아보았다.

크아아아아아!

얼음용이 달려오기 시작했다.

이미 멀어져 버린 저격수 C─1을 잡으러 가는 것보다는 고작 600미터 거리에 있는 용우를 잡으러 가는 쪽이 이득이니까.

그리고 그때부터 팀 이그나이트를 경악하게 만드는 시간이 시작되었다.

3

15분은 의외로 긴 시간이다.

특히 집중력을 유지한 채로 격렬하게 움직여야 할 때는 정말로 그렇다.

귀신같은 체력을 자랑하는 초일류 격투기 선수들이라고 하더라도 링 위에 올라가서 경기를 치를 때는 5분짜리 라운드 3회를 치르는 것만으로도 파김치가 되지 않던가?

각성자들의 몸도 성능이 좋을 뿐이지 인체의 기본적인 메커니즘을 벗어나지 않는다.

그러니 극한의 집중 상태로 15분 동안 전투를 치른다는 것은, 그들을 정신적 육체적으로 한계까지 몰아넣는 일이라고 봐도 좋다.

"세상에……."

"믿을 수가 없군."

캠프에서 관측 장비로 상황을 지켜보는 이들은 다들 할 말을 잃고 있었다.

그들은 한국 헌터 업계 최상위급 부대다.

7등급 몬스터도 몇 번이나 잡아보았고, 초일류 헌터들이 믿을 수 없는 실력을 보여주는 장면도 몇 번이나 보아왔다.

그런데도 지금 전장에서 일어나는 일을 믿을 수 없었다.

15분.

단 한 명의 헌터가 얼음용을 상대로 전투를 끌어온 시간이었다.

"얼음용의 허공장이 30% 밑으로 깎였습니다!"

"뭐?"

"벌써?"

다들 경악했다.

당초 계획한, 8명의 저격수와 서포트 팀의 화력을 집중하는 작전이 한 치의 오차도 없이 성공적으로 굴러갔어도 이것보다 3배 이상 오래 걸렸을 것이다.

그런데 지금은 페이스가 엄청나게 빨랐다.

본래는 저격수로 참전할 예정이 아니었던 용우가 작전을 완벽 그 이상의 것으로 만들었다.

"잡힐 듯 말 듯한 거리를 유지하면서……."

용우는 얼음용을 유혹하듯이 500~700미터 정도의 거리를 유지하면서 저격을 가했고, 얼음용은 계속 미쳐 날뛰고 있었다.

그것으로 얼음용을 일정한 지역 내에서 빙글빙글 돌게 만들었으며, 또한 저격수들이 예정보다 훨씬 빠른 템포로 저격을 가해도 그들을 신경 쓰지 못하게 만들었다.

완벽하게 깔아준 판 위에서 8명의 저격수들은 그저 자리를 잡고 순차적으로 얼음용을 저격하기만 하면 되었다.

"그걸로도 모자라서 다른 몬스터까지 잡고."

뿐만 아니라 용우는 중간중간 다른 몬스터들을 덮쳐서 잡고 있었다.

그것은 에너지 드레인으로 마력을 보충하기 위한 행동이었다.

"제로의 저격 횟수는?"

"얼음용을 때린 것만 37회입니다."

"……."

"중간중간 다른 몬스터와의 전투도 있었고, 저 공간 이동 스펠과 도약 스펠 같은 것들도 계속 쓰고 있지. 그런데 아직도 마력이 안 떨어졌다고?"

"하, 이런… 뭐 이런 말도 안 되는 상황이 다 있어?"

이곳에 모인 이들은 한국 헌터 업계의 날고 긴다 하는 전문가들이다.

하지만 지금 전장에서 벌어지는 상황은 그들이 이해할 수 있는 범주를 아득히 뛰어넘고 있었다.

"고스트……."

문득 누군가 중얼거렸다.

"고스트를 봤을 때의 그 기분이군."

물론 고스트는 훨씬 더 압도적이었다. 7등급 몬스터를 정면에서 힘으로 때려 부쉈으니까.

하지만 이해 불가능한 수준이라는 점에서는 마찬가지다.

시간만 주어지면 용우는 혼자서 얼음용을 잡을 수 있을 것 같았다.

그리고 21분이 지난 시점에서, 용우가 무전에다 대고 말했다.

[서포트 팀, 벙커 버스터를 쓰겠다.]

서포트 팀이 술렁였다.

그것은 작전이 시작되기 전부터 합의된 사항이었다.

작년, 대전 게이트에서 용우가 보여주었던 벙커 버스터 운용을 여기서도 도입해 보기로 한 것이다.

"진짜로 하는 건가."

서포트 팀이 침을 꿀걱 삼켰다.

예정보다 빠른 템포로 방아쇠를 당긴 저격수들은 슬슬 지쳐 있었다. 상대적으로 마력이 낮은 2명은 마력 고갈로 이탈한 상황이다.

아직 저격수들의 공격이 이어질 때 승부를 걸어야 한다.

작전은 종국을 향해 달려가고 있었다.

＊　　　　＊　　　　＊

죽 전투를 지켜본 차준혁은 어이가 없어서 웃었다.

'여기까지 이렇게 쉽게 올 줄이야.'

처음부터 그가 움직이는 것은 작전의 종반이라고 결정되어 있었다.

아무리 그가 체외 허공장을 지녔고, 한국 최고 수준의 마력을 지녔다고 하더라도 얼음용의 허공장과 마력을 충분히 깎아내지 않으면 접근 자체가 불가능했기 때문이다.

반대로 그만큼 얼음용의 힘을 깎아내도, 최고 수준의 헌터가 아니면 접근하는 것만으로도 죽을 수 있다.

인류에게 있어서 7등급 몬스터란 그런 존재였다.

'내가 없었어도 넉넉하게 시간 내로 잡을 수 있었겠군. 어쩌면 저격만으로도……'

팀 이그나이트 1부대의 전력을 최고조로 발휘해도 7등급 몬스터 사냥은 아슬아슬할 때가 있었다.

일단 게이트 브레이크까지는 제한 시간이 있었고, 또한 헌터들의 마력에도 한계가 있었기 때문이다.

완벽하게 판을 짜고 일방적으로 두들겨 팬다 하더라도, 7등급 몬스터가 쓰러지기 전에 저격 가능한 모든 인원의 마력이 바닥 나 버릴 가능성도 있다.

만약 그런 상황이 일어나면 작전은 파탄 나고 만다.

7등급 몬스터는 그 강력함만큼 회복력도 강하다. 쉬지 않고 두들겨 대지 않으면 엄청난 속도로 회복해 버리는 것이다.

그렇기에 쉬지 않고 두들겨서 전력을 깎아내고 나면 돌입해서 결정타를 먹일 수 있는 스트라이커가 필요했고, 차준혁은 몇 번 이나 그 역할을 수행해 왔다.

하지만 오늘은 과연 이 전투에 자신이 필요한지 의문이었다.

콰과광……!

먼 곳에서 폭음이 울려 퍼지면서, 차준혁이 있는 곳까지 공기 가 뒤흔들렸다.

블링크로 하늘로 올라간 용우가 낙하하면서 날린 벙커 버스 터가 작렬하는 소리였다.

곧 무전으로 경악한 목소리가 들려왔다.

[얼음용의 허공장이… 뚫렸습니다.]

잠시 동안 무전은 누가 뭐라고 말하는 건지도 알 수 없을 정 도로 난리가 났다.

콰과아아아앙!

그리고 그러거나 말거나 재차 블링크로 고도를 올린 용우가 또 한 발의 벙커 버스터를 날렸다.

[제2격 명중!]

[얼음용의 코어 에너지 반응 27%까지 다운!]

[허공장에 구멍이 뚫렸습니다. 고속 복원 중!]

[현재 허공장 16%!]

서포터들이 바쁘게 보고하는 가운데, 용우의 목소리가 울려 퍼졌다.

[스트라이커, 진입합시다. 구멍을 복원하기 전에 끝을 내야 하니까.]

그 직후 용우가 차준혁의 옆에 나타났다.

차준혁은 전율을 느끼며 말했다.

"준비 완료입니다."

"그럼 갑시다."

M링크 시스템을 구동시킨 두 헌터가 전신에서 푸른빛을 발하며 얼음용에게로 쇄도했다.

쾅!

그리고 텔레포트하자마자 용우가 방아쇠를 당겼다.

허공장 복원 작업에 열중하던 얼음용의 머리통이 바닥으로 꺾였다.

파지지직!

약해진 얼음용의 허공장과 차준혁의 허공장이 마찰하면서 스파크가 튀었다.

그러나 아까 전, 일격을 먹이고 이탈했을 때에 비하면 웃음이 나올 정도로 압박이 약해졌다.

콰하하핫!

차준혁이 내려친 양손 대검에서 에너지 칼날이 뿜어져 나오면서 얼음용의 목을 베었다.

그러나 얼음용은 일반적인 생명체와는 다르다.

목을 벤다고 해서 죽지 않는다.

생명체를 시뮬레이션하는 것 같은 감각을 가졌기에 일순간 감각에 이상이 발생할 뿐.

그, 아, 아아아아아……!

잘린 얼음용의 목구멍에서 괴성이 울려 퍼졌다.

화아아아아악!

그리고 일순간 주변을 빙결시키는 한기 파동이 퍼져 나갔다

전 방향으로 발사된 한기 파동이 소리보다도 빠르게 주변을 휩쓸고 지나갔지만…….

"…이젠 버틸 만하군."

차준혁은 허공장과 방어막 스펠을 중첩해서 그것을 막아내었다.

몸 위로 살얼음이 달라붙었지만 큰 타격은 아니다. 차준혁은 굳은 몸을 채찍질하듯이 외쳤다.

"하아아아아아!"

그리고 M—링크 시스템으로 증폭된 마력 파동이 뻗어나갔다.

양손 대검이 방금 전보다 더욱 강한 기세로 에너지 칼날을 분사, 그대로 얼음용의 몸통을 갈랐다.

콰아아아아아!

몸을 내던지는 듯한 일격으로 양손 대검이 부러져 날아갔다.

하지만 위력은 확실했다. 얼음용의 거대한 몸통이 갈라져서 그 안쪽의 에너지가 흘러나오고 있었던 것이다.

"자."

잠시 경직되어 있는 차준혁에게 용우가 태연하게 새 양손 대

검을 건네주며 말했다.

"한 번 빠졌다가 들어오시죠. 3번 안으로 끝냅시다."

그러는 용우 자신은 거대한 랜스 형태의 무기, 돌격창을 들고 있었다.

용우의 모습이 시야에서 사라지는 순간, 차준혁은 지체 없이 몸을 돌려서 전력 질주하기 시작했다.

도약 스펠로 한 번에 십수 미터를 도약하기를 몇 번이고 반복하는 그의 뒤편에서 폭음이 울려 퍼졌다.

꽈아아아아앙!

텔레포트로 하늘로 올라간 용우가 투척한 돌격창이 꽂히는 소리였다.

그 소리가 들리는 순간, 차준혁은 곧바로 몸을 돌려서 다시금 뛰어들었다.

충격파와 파편을 뚫고 뛰어드는 그의 눈이 빛났다.

'드러났다.'

마침내 얼음용의 거대한 몸에 감춰져 있던 코어가 드러났다.

두꺼운 암석과 얼음의 외피 안쪽에서 흘러나오는 코어의 빛을 본 차준혁은 주저 없이 모든 마력을 집중했다.

꽈아아아아아아!

폭음이 울리며 차준혁의 일격이 코어를 뚫고 들어갔다.

코어가 일격에 쪼개지면서 그 반동으로 차준혁의 몸이 반대편으로 튕겨 나왔다.

'크윽……!'

반동이 너무 심하다. 이대로 가면 땅이나 암벽에 처박혀서 중상을 입는다.

—에어 브레이크!

튕겨 나가던 그를 격렬한 기류가 감싸서 감속시켰다.

그리고 그 스펠을 쓴 용우가 나타나서 그를 붙잡았다.

"3번이라고 말했을 텐데, 죽으려고 환장했습니까?"

용우가 어이없다는 듯 말했다.

이유는 그가 대책 없이 전력으로 때리고 튕겨 나가서만은 아니었다.

화아아아아아악!

얼음용 코어가 파괴된 직후, 갑자기 터져 나온 극저온의 한기 파동이 주변의 모든 것을 얼려 버렸기 때문이다.

투둑…….

허공장 바깥을 얼린 얼음이 깨져 떨어지는 소리를 들으며 차준혁이 말했다.

"당신이 막아줄 줄 알았습니다. 그러니까 몸에 부담이 누적되어서 변수가 생기기 전에 거기서 끝내는 게 최선이었습니다."

"……."

욱해서 반박하는 게 아니라 확신에 찬 차준혁의 말에 용우는 잠시 동안 그를 가만히 바라보다가 말했다.

"당신… 순간예지능력이 있군요?"

"……."

차준혁은 부정하지 않았다.

용우가 피식 웃으며 그를 놔주었다.

"어쩐지 쓸 만하다 했더니만."

용우는 그와 호흡을 맞추면서 꽤 놀랐다.

차준혁이 치고 들어가는 타이밍은 마치 용우의 생각을 읽기라도 하는 것처럼 완벽했기 때문이다.

하지만 순간예지능력이 있어서 그랬다면 납득이 간다.

각성자 중에는 아주 드물게 스펠이나 특성에 속하지 않는, 하지만 초능력이라고밖에 볼 수 없는 능력을 가진 자들이 있다.

용우가 지닌, 자신을 향한 악의를 통찰하는 능력도 마찬가지다.

순간예지능력자는 어비스에도 희귀했다.

몇 초 앞을 본다.

그런 류의 능력이 아니다.

자연스럽게 자신에게 닥칠 일을 알게 되는 능력이다.

통찰이 극대화되었을 때 인간이 자신의 행동에 확신을 갖듯, 순간예지능력을 가진 자는 매 순간 위기와 기회에 대한 흔들리지 않는 확신을 가질 수 있다.

전투적으로는 엄청난 효율을 자랑하는 능력이다.

"그런 능력을 갖고도 용케 정신이 멀쩡하군요."

하지만 이 능력이 쓸모 있는 것은 전투 상황 혹은 즉각적으로 덮쳐오는 위기 상황에 한정된다.

일상생활에서는 아무짝에도 쓸모가 없다 못해 현재와 미래를 헷갈리게 만들어서 미치게 만들기에 딱 좋은 것이다.

"…당신, 정말로 내 능력에 대해서 아는군요."

차준혁이 놀라면서 말했다.

용우는 더 말하지 않고 손을 내밀었다.

"수고했습니다. 돌아가죠."

잠시 용우를 보던 차준혁은 결국 대화를 이어가길 포기하고 그의 손을 잡았다.

그렇게 50미터급 게이트 제압 작전이 마무리되었다.

*　　　　　*　　　　　*

팀 이그나이트 본사 빌딩의 CEO실은 조용한 장소였다.

방음 설비가 과중할 정도로 잘되어 있어서 안에서 밖의 소리를 잘 들을 수 없었고, 그 반대도 마찬가지였다.

차준혁은 지친 기색으로 그 방의 소파에 앉아 있었다.

"작전도 끝나서 피곤한데 굳이 저를 보셔야겠습니까, 선생님?"

차준혁은 사석에서는 다니엘 윤을 사장님이 아니라 선생님이라고 불렀다.

오래전부터 불러온 호칭이었다. 차준혁이 부모를 잃고 아무도 의지할 사람이 없었던 시절, 다니엘 윤이 그를 거두어주었을 때부터.

"기억이 분명할 때 감상을 들어두고 싶어서 그랬다. 너는 기억력이 나쁘니까."

"0세대 각성자는 대체 뭡니까?"

차준혁이 납득할 수 없다는 표정으로 물었다.

"인간 개개인의 재능보다도 세대를 거듭할수록 높아지는 잠재력의 폭이 더 크다……. 이건 이미 검증된 사실이라고 생각했는데요. 실제로 7세대부터는 아티팩트 같은 부러운 물건도 등장했고."

"부러운가?"

"그럼 안 부럽겠습니까?"

차준혁이 정색하고 되묻자 다니엘 윤이 쿡쿡 웃었다.

"다른 사람이라면 몰라도 너는 부러워할 이유가 없잖아?"

"언젠가 선생님의 계약을 계승하게 되겠지만, 그건 지금은 아니니까요. 지금 당장 그런 게 있었으면 좋겠습니다."

차준혁은 단순한 헌터가 아니었다. 인류를 수호해 온 비밀을 물려받을 자격을 가진 후계자였다.

다니엘 윤이 죽으면 구세록의 계약은 차준혁에게로 계승된다.

그것은 오래전부터 결정되어 있던 일이었다.

이런 조치는 다니엘 윤만의 것은 아니었다. 모두는 아니었지만 다른 구세록의 계약자 중에도 같은 조치를 취해둔 자들이 있었다.

다니엘 윤이 말했다.

"우리도 그에 대해서 아는 게 많진 않다. 일단 어비스에 대해서는 구체적인 데이터가 없는 상태지."

그들이 아는 것은 대실종으로 사라진 24만 명이 일종의 선행부대 개념이었다는 것.

왜인지는 몰라도 그곳에서 죽을 운명이었다는 것.

그리고……

"어비스에 소환된 24만 명의 희생이 성좌의 힘과 각성자 튜토리얼을 여는 기반이 되었다는 것."

그것은 다니엘 윤이 용우에게 말하지 않은 사실이다.

그 희생이 어떤 의미인지, 그리고 어떻게 성좌의 힘과 각성자 튜토리얼을 여는 기반이 된 것인지까지는 구세록의 계약자들도 모른다.

분명한 것은 어비스에 소환된 24만 명은 모두 죽을 운명이었다는 점이다.

구세록은 생존자가 있을 가능성에 대해서 언급하지 않고 있었다.

그리고 그들이 모두 죽는 순간, 퍼스트 카타스트로피가 시작되었다.

인류의 상식은 철저하게 파괴되었고, 구세록의 계약자들은 그 순간부터 성좌의 힘을 쓸 수 있게 되었다.

차준혁이 말했다.

"…그러나 그는 돌아왔죠."

"그래. 그는 구세록에 기록되지 않은 존재, 우리에게 있어서는 이레귤러다. 적어도 어비스에 대해서는 우리보다 그가 알고 있는 게 훨씬 많겠지."

"혹시 꺼림칙하신 겁니까?"

사실 차준혁은 구세록의 계약자들에 대해서 아는 것이 많지 않다.

다니엘 윤은 그에게 구세록의 계약자들의 실체를 알려주지 않았다.

자신의 정체와 의무를 알려주고 후계자로 삼았을 뿐.

차준혁은 다니엘 윤을 존경하는 스승이며 은인으로 여기고 있기에 그 사실에 대해 의문이나 불만을 표시하지 않았다. 언젠가 알게 될 것이라는 다니엘 윤의 말에 따라 기다릴 뿐.

"그보다는 난감한 상대라고 할 수 있겠지. 그는 많은 비밀을 감추고 있고, 그 비밀 중에는 탐나는 것들이 너무 많아. 예를 들면 그는 각성자에게 추가적으로 스펠을 터득하게 할 수 있는 수단을 갖고 있는 것으로 보인다."

"그런 일이 가능하다고요? 그건 선생님도 못하시는 거잖습니까?"

"그래. 성좌의 힘으로도 불가능한 일이지."

스펠 스톤의 존재를 아는 것은 서용우의 여동생 서우희와 팀 크로노스의 사장 백원태뿐이다.

하지만 서용우가 돌아온 후 그의 여동생이 힐러로서 그 전까지 없던 능력을 발휘하기 시작했다는 점만으로도 그 사실을 추측할 수 있다.

"그는 인류가 게이트 재해를 대하는 태도 그 자체를 바꿔 버릴 잠재력이 있는 인물이다. 그러니까 준혁아, 너는 결코 그와 적대하는 일이 없도록 해라."

"결국 그 말씀을 하시려고 부른 거군요."

"그렇지."

다니엘 윤은 묘한 미소를 지은 채 차준혁을 보냈다.

*   *   *

차준혁이 가고 나서 잠시 후, 다니엘 윤에게 한 통의 전화가 걸려왔다.

"웬일이지, 카르타?"

상대는 구세록의 계약자 중 한 명이었다.

[윤, 왜 제로를 차준혁과 만나게 한 거지?]

그렇게 물은 것은 허스키한 여성의 목소리였다.

"정보가 빠르군. 역시 미국의 실세다워."

구세록의 계약자들은 정보 공간을 통해 상대가 세상 어디에 있든 서로 만나는 것처럼 통신할 수 있다.

하지만 이 방식에는 큰 단점이 하나 있었으니, 그 공간에서 일어나는 일을 구세록의 계약자 전원이 알게 된다는 점이다.

즉, 카르타가 굳이 전화라는 수단을 쓴 것은 다른 동지들에게는 알리지 않는 비밀 이야기를 하고 싶다는 뜻을 드러낸 것이다.

"반대야."

[무슨 뜻이지?]

"준혁이를 제로와 만나게 한 거다."

[······.]

카르타는 그 말뜻을 곰곰이 생각하는 것 같더니 말했다.

[예상했겠지만 미국 정보부도 0세대 각성자의 존재를 알아차렸어.]

"당신이 귀띔해 준 건가?"

[아니. 그쪽에서 내게 와서 묻더군.]

그 말에 다니엘 윤이 쓴웃음을 지었다.

어차피 유통기한이 그리 길 수가 없는 비밀이었다.

제로가 작년 9월에 구 DMZ 전투에서 처음 모습을 드러낸 후로 8개월이 지났다.

그 비상식적인 활약은 업계에 파다하게 소문이 퍼진 상황이었고, 그 소문만 종합해도 제로의 정체를 추측해 볼 수 있었으리라.

제로의 정체가 용우임을 알아내는 것도, 한국을 예의 주시하고 있고 여기저기에 끈을 만들어둔 미 정보부 입장에서는 충분히 가능한 일이다.

무엇보다 비밀이 유지되기에는 용우의 정체를 아는 사람이 너무 많다.

처음 모습을 드러냈을 당시 헌터 관리부에 있던 인원들만 해도 수십 명.

거기에 백원태와 오성준, 다니엘 윤 등의 업계 주요 인물들은 모두 알고 있었고 백원태가 용우의 일을 처리해 줄 때 거기에 관여한 이들도 있지 않은가?

이쯤 되면 아무리 입단속을 해도 한계가 명확하다.

[조만간 접촉할 거야.]

"나는 거기에 대해서는 아무런 간섭도 안 할 거다."

[미국 입장에서는 고마운 일이군.]

"너도 똑같이 하길 추천하지."

그렇게 말한 다니엘 윤이 화제를 돌렸다.

"카르타, 조만간 큰 게 하나 올 거야."

[예지인가?]

차준혁에게 순간예지능력이 있는 것처럼, 다니엘 윤은 자신에게 찾아올 미래의 위험을 막연하게 예감하는 능력이 있었다.

그 능력은 위기 감지 측면에서는 대단히 정확하다. 예지라는 말이 어울린다.

하지만 다니엘 윤은 그 능력을 의식적으로 통제할 수 없다.

현실에 눈치챌 수 있는 조짐이 드러나기 전에는 명확한 실체를 파악할 수도 없고, 벌어지기 전에 피할 수도 없다.

이미 정해진 운명을 경고받는다.

그렇게 설명해야 할 것 같은 능력이다.

"언제 어디에 올지는 나도 모르겠군. 하지만 상당히 두려운 것이 온다."

[그렇게 표현할 정도라면, 8등급이 아니라 9등급일지도 모르겠군. 올해 안에 나온다면 2년 만인가.]

"가능성은 있지. 8등급으로 끝나길 바라지만……."

현 시점에서 9등급 몬스터에 대한 인류의 답은 간단했다.

대적 불가.

영국, 아프리카, 그린란드, 중국…….

9등급 몬스터가 나타난 곳은, 인류가 잃어버린 땅이었다.

8등급조차도 어쩌지 못하는 상황에서 9등급 출현에 대비하는 것은 무의미했다. 9등급이 출현하는 순간 그 지역은 재해 지역이 되어버리는 것이다.

[이번에 9등급이 나온다면, 몇 명이나 싸우려고 할까?]

"그러는 카르타, 당신은 싸울 수 있나?"

[……]

"브리짓에게는 아직 이르다고 생각하겠지? 나도 그렇게 생각해. 우리가 싸워야 한다."

구세록의 계약자들에게조차 9등급 몬스터는 승리를 장담할 수 없는 적이었다.

인류의 역사는 지구상에 9등급 몬스터가 나타난 횟수를 4번으로 기록하고 있다.

그러나 실제로는 9번이었다.

구세록의 계약자들은 그중 7번을 맞섰다.

그들이 외면한 것은 2번이었다.

중국과 그린란드에서 출현했을 때.

그때는 전투를 포기하고 게이트 브레이크가 일어나도록 방치했다.

하지만 다른 곳에서 출현한 것들과는 최선을 다해 싸웠다.

결코 쉬운 싸움이 아니었다. 4번은 승리했지만 3번은 패배하고 말았다.

그리고 3번의 패배는 그들에게 심각한 트라우마를 안겨주었다.

아무리 그들이 강하고, 남들에게는 없는 권능을 가졌다고 하더라도 그 정신은 인간의 것이다.

그들은 게이트 안에서 죽은 인간의 시신에 '빙의'한다는 수단을 통해서 죽음의 리스크를 피한다.

그러나 생생하게 경험하는 전투 스트레스는 그들도 피할 수 없었다.

또한 타인의 시신에 빙의할 때마다 그들은 그 몸의 주인이 가졌던 강렬한 사념, 그리고 죽음의 이미지에 시달려 정체성을 위협받아야 했다.

무엇보다 빙의를 통해 구현된 성좌의 아바타가 파괴되면 그들 또한 죽음을 유사 체험하게 된다. 그것을 몇 번이나 경험한 결과, 그들에게는 지울 수 없는 트라우마가 각인되었다.

인류의 수호자를 자처하는 그들 역시 심각한 PTSD에 시달리고 있었던 것이다.

'적들은 우리보다 훨씬 위에 있다. 게임 감각으로 전투에 임할 수 있다니 부러운 놈들이야.'

용우가 한국 게이트 재해 연구소에 전달한 정보는 각 헌터 팀 수뇌부에도 전달되었다.

지휘관 개체와 군주 개체는 고통과 죽음을 두려워하지 않는다.

오로지 특정한 스펠만이 그들의 정신에 직접 상처를 입힐 수 있을 것이다.

이것은 스스로를 마모시켜 가면서 싸우고 있는 구세록의 계약자들 입장에서는 정말 형용할 수 없는 감정을 불러일으켰다.

카르타의 경우는 구세록의 계약자 중에서도 PTSD 증세가 가장 심한 인물이다.

정신이 더 이상 전투 스트레스를 버틸 수 없게 되었기에, 그녀는 이미 후계자에게 힘을 계승해 주고 전투를 맡기고 있었다.

"그리고 어쩌면……"

다니엘 윤은 말끝을 흐렸다.

한참 동안이나 그가 말이 없자 카르타가 물었다.

[지금 하지 않은 말, 차준혁을 제로와 만나게 한 것과 관련이

있겠지?

"글쎄."

다니엘 윤은 애매하게 말하며 일방적으로 통화를 끊었다.

그리고 의자에 몸을 묻고 천장을 올려다보며 한숨을 쉬었다.

"눈치 빠른 여자 같으니."

카르타는 예전부터 그랬다. 짜증 날 정도로 감이 좋았다.

"어쩌면 그때쯤… 혹은 그 전에 내가 죽을지도 모르지."

그는 곧 닥쳐올 위협보다도 강렬하게 스스로의 죽음을 예감하고 있었다.

그리고 그 예감의 원흉은…….

'제로.'

바로 용우라는 사실을, 이번에 만남으로써 확인했다.

"그와 나, 인류에게 필요한 쪽은 어느 쪽인가……."

다니엘 윤은 자신이 그에게 죽어야 하는 이유가 무엇인지 고민하지 않았다.

그는 그런 것을 고민할 필요가 없는 인생을 살아왔다. 그 사실을 스스로도 잘 알고 있었다.

그래서일까, 자신의 죽음을 예감했으면서도 다니엘 윤의 마음은 신기할 정도로 고요했다.

Chapter17

악마의 약

1

각성자는 인류의 희망이다.

게이트 발생이라는 재해가 지구 인류가 피할 수 없는 섭리의 일부가 되어버린 이상, 각성자가 없으면 인류는 스스로를 지킬 수가 없었다.

하지만 과연 각성자는 인류에게 있어서 축복이기만 한가?

"크윽……."

경찰 한 명이 팔이 부러진 채로 컨테이너에 처박혀 있었다.

'뭐 이런 어처구니없는…….'

그는 믿을 수 없다는 듯 일격으로 자신의 팔을 부러뜨린 중년 남자를 바라보았다.

별로 덩치가 큰 남자도 아니었다. 그런데 경찰이 총을 겨누는 순간, 엄청난 속도로 옆으로 파고들더니 발차기 한 방으로 이 꼴로 만들었다.

'각성자인가? 아니, 리스트에는 이런 놈은 없었는데?'

경찰은 뭐라고 투덜거리면서 다가오는 그를 보며 두려움을 느꼈다.

그런데 그때였다.

높이 쌓인 컨테이너 위쪽에서 하나의 그림자가 뛰어내려서 남자를 덮쳤다.

"크악!"

먹이를 덮치는 맹수 같은 공격에 남자가 나가떨어졌다.

그를 덮친 것은 비쩍 마른 한국인 남자였다. 환자복 같은 옷을 입은 그가 경찰을 보며 외쳤다.

"일어나서 도망쳐! 도망쳐서 알려! 이놈들의 조직은 인공적으로 각성자를 만드는… 크악!"

필사적으로 외치던 남자가 비명을 지르며 나가떨어졌다.

나가떨어진 남자가 아닌, 키가 크고 깡마른 태국인이 나타나서 그를 걷어찼기 때문이다.

"입이 가볍군, B—1."

태국인은 영어로 말했지만 한국인 남자는 민감하게 반응했다.

"나는… B—1 따위가 아니야!"

B—1이라 불린 한국인 남자가 비틀거리며 일어났다.

태국인이 피식 웃더니 총을 꺼내서 경찰을 겨누었다.

그런데 그때였다.

우우우우우!

B—1의 몸에서 푸른빛이 일기 시작했다.

투명한 푸른빛이 마치 갑옷을 입은 것 같은 실루엣을 만들어 내고, 공기가 진동할 정도로 강렬한 마력 파동을 뿜어내었다.

비쩍 마른 몸에 힘줄이 돋아난 B—1이 무시무시한 속도로 태국인에게 달려들었다.

"크아아앗!"

괴성과 함께 내지른 일격이 태국인의 방어 위를 때렸다.

호쾌한 타격음과 함께 태국인이 나가떨어졌다.

"크윽, 이 개자식이!"

발끈한 태국인이 몸을 튕기듯이 일어났다. 그러자 그의 눈이 빛나며 마력 파동이 쏟아져 나오기 시작했다.

B—1이 그와 대치하며 외쳤다.

"가! 경찰! 가서 이놈들에 대해서 알려!"

피를 토하는 듯한 외침에 경찰은 자기도 모르게 몸을 일으켰다. 그리고 부러진 팔을 붙잡고 달리기 시작했다.

"으아아아악!"

필사적으로 도망치는 경찰의 뒤쪽에서 비명이 울려 퍼졌다.

*   *   *

게이트 재해는 언제 어디서나 나타난다.

그렇기에 헌터의 일은 끊이지 않고, 그들에게 보장된 휴가는 존재하지 않는다.

용우는 그동안 헌터로 일하면서 그 당연한 진리를 배웠다.

그런데 2028년 5월 말에 그를 찾아온 일은 좀 특수했다.

"경찰에 협력해 달라고?"

새로 이사한 집에 선물을 들고 찾아온 김은혜는 이질적인 의뢰를 가져왔다.

김은혜가 용우의 눈치를 보며 고개를 끄덕였다.

"예."

"그런 일은 그쪽 전문가가 따로 있잖아? 난 몬스터와 싸우는 게 전문이지 범죄자 검거에는 전혀 지식이 없는데."

"그렇긴 하죠. 근데 다른 헌터들한테 이런 일에 협력을 요청하면 거절하는 이유가 좀 달라요."

"돈이 안 되어서?"

"일단은 그거죠. 물론 그것만은 아닐 거예요. 헌터들 입장에서는 몬스터와 싸우는 것만으로도 버거울 테니까. 일단 정신적으로 한계죠."

헌터들은 몬스터와 목숨 걸고 싸우는 것만으로도 충분히 사회에 공헌하고 있는 사람들이다.

그들에게 목숨 걸고 괴물과 싸우는 본업 말고 다른 일에 위험을 감수해 달라고 요구하는 것은, 그것도 '사회정의에 공헌해 달라'는 이유로 헐값으로 부려먹으려고 하는 것이야말로 염치없는 짓이리라.

"그걸 잘 알면서 나한테 이런 일을 들고 온 이유는?"

"경찰들 사정이 아주… 안 좋아서요. 이번 일을 수사하면서 7명이나 사망자가 나왔어요."

"7명? 그거 엄청 많은 거 아닌가?"

전쟁터라면 모를까, 경찰이 수사 중에 7명이나 죽은 것은 보통 일이 아니다. 2028년 현재를 기준으로 봐도 그랬다.

용우가 실종되었던 2012년 당시와 비교하면 한국의 치안은 상당히 악화되었다.

사실 그동안의 역사를 살펴보면 매우 당연한 일이다.

언제 어디서 게이트가 열리고, 제압 작전이 실패해서 자기가 살던 곳이 전장이 될지 모르는 시대다. 사람들은 늘 항거할 수 없는 재앙이 자신을 덮쳐서 삶의 기반을 송두리째 앗아가는 공포와 싸우고 있었다.

그리고 북한이 멸망하면서 한국 사회로 편입된 수백만의 북한 난민들 역시 완전히 융화되지 못하고 온갖 사회적 갈등을 빚고 있는 상황이었다.

북한 난민들과 함께 유입된 엄청난 양의 북한 총기도 아직까지도 해결되지 않는 골칫거리다.

그럼에도 한국은 아직까지 평화롭고 치안도 좋은 편이라는 소리를 듣고 있었다.

일단 높은 헌터 전력 덕분에 지속적으로 경제성장이 이루어지는 선진국이었고, 그리고 퍼스트 카타스트로피 이후 지금까지도 전 세계의 상황이 막장이었기 때문이다.

아시아는 물론이고 전 세계적으로 봐도 한국보다 상황이 좋은 곳을 찾아보기가 어려웠다.

김은혜가 고개를 끄덕였다.

"엄청 많은 거죠. 검거 시도에서 사망한 인원이 5명이고 수사 중에 실종된 수사관도 2명 있어요."

"그러고도 검거에 실패했다는 거군."

"그래서 제가 여기 와서 이렇게 부탁하고 있는 거지요. 이번 일은 각성자 범죄예요. 그것도 상식을 초월한 사태라서 경찰 측에서 자존심을 굽히고 꼭 좀 헌터들의 무력 지원을 부탁해 온 상황이에요."

용우는 약간 흥미가 동했다.

"설명해 봐."

"문제가 되는 곳은 팬텀이라는 조직이에요. 아시아 전역에 네트워크를 구축하고 있는 놈들이죠."

"아시아 전역이라고? 규모가 엄청나군."

"네. 그래서 골치 아프죠. 총화기로 무장하고 경찰 상대로 총질하는 놈들이거든요."

한국에서 경찰 상대로 총질하는 범죄 조직원들이라니, 2012년에 실종됐던 용우의 상식으로는 좀처럼 상상하기 어려운 이야기였다.

"게다가 각성자 전투원들의 수가 굉장히 많아요. 헌터들이 부업으로 그 조직에 용병으로 뛰고 있는 게 아니냐는 의혹까지 있을 정도니까요. 그게 아니면 도저히 납득이 안 갈 정도라서……."

한숨을 쉰 김은혜가 말했다.

"어쨌든 팬텀은 굉장히 위험한 조직이에요."

"규모만 봐도 그럴 만한데. 근데 그 조직이 하는 일이 뭐길래?"

"마약 사업이 주력이에요. 참고로 마약을 유통하는 것 자체도 문제지만, 이들이 유통하는 마약이 대단히 특수하다는 게 더 문제예요."

"어떻게 특수하다는 거지?"

"팬텀의 독자적인 마약 '아니마'는 마력석을 가공해서 만들었다고 추정되고 있어요. 이 마약은 일반인에게 각성자의 감각을 체감시켜 준다고 하죠."

마력 기관이 없는 인간이, 마력을 인지할 수 있게 된다.

"그것만이라면 그냥 좀 특이한, 중독성이 강한 마약으로 치부했을 거예요."

문제는 아니마를 장복하다 보면 마력을 다룰 수 있게 된다는 것이다.

용우가 놀랐다.

"일반인을 각성자로 만들어준다는 건가?"

"아뇨."

하지만 김은혜는 고개를 저었다.

"아니마의 약효가 지속되는 동안만 마력을 인지하고, 그것을 다룰 수 있게 될 뿐이에요."

"마력을 인지하고 다룰 수 있다면 각성자잖아? 스펠이 없을 뿐이지."

"하지만 마력을 다룰 수 있는 단계… 그러니까 중독 증상 말기까지 가도 마력 기관이 생기지는 않아요."

그 말에 용우가 눈을 크게 떴다.

"마력 기관 없이 마력을 다룬다고? 그게 가능한가?"

"말기 단계에서는 증상이 심해지면 발작을 일으키는데, 그때마다 마력이 물리적 영향력을 띠고 폭주하게 돼요. 그러다가 한계에 달하면 폭탄처럼 터지는 거죠."

"폭탄처럼? 그럼 설마……."

"중독자 본인도 죽어요."

즉, 중독성이 엄청나게 강한 데다가 중독 증상 말기에 이르면 확실하게 죽음이 예약되는 마약이라는 뜻이다.

"팬텀은 이 약을 적극적으로 유통시키고 있어요. 다른 약과 섞어서 교묘하게 뿌리는 방법을 쓰고 있죠. 그들의 조직망을 쳐부수지 않으면 음지에서 곰팡이처럼 퍼져 나갈 거예요."

이미 한국에서도 아니마 말기 중독자 몇 명이 '폭발'하는 사태가 발생했다. 경찰은 필사적일 수밖에 없었다.

"솔직히 돈은 많이 드릴 수가 없어요. 헌터 관리부의 예산을 지출할 수 있는 건이 아니고, 경찰 측에서 최대한 예산을 짜낸다고 해도 용우 씨의 몸값에 비하면 새 발의 피라……."

"하지."

용우는 밀고 당기기를 하지 않고 승낙했다.

깜짝 놀란 김은혜가 눈을 동그랗게 떴다.

"진짜요?"

"흥미가 생겼어. 그리고 어쨌거나 경찰 중에 그만큼이나 사망자가 나왔다면, 직무에 충실하다 죽은 그 사람들을 위해서라도 도울 만한 일인 것 같군."

그렇게 용우는 경찰과 손발을 맞추게 되었다.

*　　　*　　　*

각성자들 중에 헌터가 되는 비율은 80% 정도라고 알려져 있다.

그렇다면 나머지 20%는 무엇을 하는가?

서우희 같은 힐러는 각성자들 중에서도 소수다. 한국을 기준으로 헌터가 되지 않는 각성자 대부분은 헌터 업계가 아닌, 하지만 각성자를 우대하는 직업에 종사한다.

김은혜처럼 헌터 관리부에서 일하거나, 한국 게이트 재해 연구소처럼 각성자를 필요로 하는 연구 조직에 들어가기도 한다.

그리고 경찰 또한 그들의 선택지 중 하나였다.

주로 전투적 성향을 지녔으니 헌터로 활약하기에는 전투 능력이 애매한 자들이 택하는 진로가 경찰 특수 기동대였다. 경찰은 각성자들을 우대했기 때문에 계급이 같은 다른 경찰들에 비해 봉급도 훨씬 많이 나왔다.

"음?"

오밤중이었다.

용우는 제로의 신분으로 인천항에 나와 있었다. 경찰의 팬텀 검거 작전에 협력하기 위해서였다.

"반갑습니다. 오늘 잘 부탁합니다."

경찰 특수 기동대의 중대장이 악수를 청해왔다.

하지만 말만 반갑다고 할 뿐 그리 좋아하는 눈치는 아니었다.

경찰이 헌터에게 도와달라고 한 것이 자존심이 상해서일까?

'아니, 그건 아닌 것 같군.'

용우가 자신을 보며 수군거리는 자들의 목소리에 귀를 기울여 보았다.

초인적인 신체 능력을 지닌 용우는 보통 인간보다 훨씬 뛰어난 청각을 갖고 있었고, 마력을 이용해서 감각을 컨트롤하면 잡음을 제거하고 자신이 원하는 소리만 집중해서 듣는 것도 가능했다.

"헌터 관리부는 대체 뭔 생각이래?"

"그러게. 근데 몸값이 장난 아니게 비싼 헌터라던데."

"자기 몸값이 비싸면 비싼 거지, 작전에 협력하러 와서 저렇게 얼굴도 안 보이는 건 좀 아니지 않냐?"

"정체가 기밀이라니 무슨 옛날 북파공작원도 아니고⋯⋯."

용우는 경찰들이 자신을 꺼림칙해하는 이유를 알 수 있었다.

'그럴 만도 하군.'

사실 누가 같이 일하는데 얼굴조차 보이지 않는 사람을 좋아하겠는가?

헌터 업계에서야 압도적인 경력을 쌓으면서 자신을 향한 꺼림칙한 시선을 불식시켰다. 하지만 그것은 어디까지나 헌터 업계 안에서의 이야기다.

목숨 걸고 범죄자와 싸우는 경찰 입장에서 얼굴도 보이지 않고 신원 정보는 기밀로 감춰진 이를 꺼리는 것은 어쩔 수 없다.

'서용우로서 왔으면 좀 달랐을까?'

사실 용우도 이런 일에 굳이 제로의 신분으로 오고 싶진 않았다. 헌터 관리부가 단순히 경찰 특수 기동대를 서포트하는 수준이 아니라 수틀리면 혼자서도 팬텀을 일망타진할 수 있는, 그런 무력을 원했기에 어쩔 수 없었을 뿐.

'그리고 그런 힘의 소유자 중에 이 일에 참가해 줄 사람이 나 정도뿐이었다는 거지.'

헌터 업계를 살펴보면 그 조건에 부합하는 헌터들은 제법 많이 있다. 차준혁까지 갈 것도 없이 이미나 정도만 되어도 충분하지 않을까?

단지 그런 이들은 이런 일에 협력할 이유도, 여유도 없을 뿐이다.

'하긴 나도 프리랜서가 아니라 팀 크로노스 소속이기라도 했으면 여기 올 일도 없었을 테니.'

용우는 작전 브리핑을 듣고는 사람들과 떨어져서 조용히 한쪽 구석에 가 있었다.

'각성자는 3명인가?'

주변을 관찰해 보니 경찰 특수 기동대에도 각성자들이 섞여 있었다.

경찰에서도 각성자를 우대하기 때문에 성향상 경찰이 맞는 사람들이 지원하는 것이다.

그 외에는 은퇴한 헌터들이 경찰이 되는 경우도 있다. 특수 경력자로 취급하기 때문에 나이가 문제되지는 않는다고 한다. 경찰 입장에서도 은퇴 헌터들은 기존 규정에 얽매여서 내치기에는 너무 아까운 인재들이었다.

'시작되는 모양이군.'

어느 순간, 속닥거리던 주변 분위기가 쥐 죽은 듯이 조용해졌다.

작전이 시작되었다.

2

팬텀은 흔적을 지우고 도망 다니는 솜씨가 능숙한 조직은 아니었다.

그들은 위험을 감수하더라도 자신들의 마약 '아니마'를 조금이라도 더 퍼뜨리는 것에 주력한다.

그런 방침을 고수하는 것은 그들에게 무력과 기이한 도피 능력이 있기 때문이다. 꼬리를 밟혀서 경찰과 충돌하더라도 그들을 뿌리칠 자신이 있으니 그런 도박 같은 짓을 하는 것이다.

'아무리 그렇다고 해도 제정신으로는 안 보이는데.'

16년 전에 비하면 많이 악화되었다지만 그래도 한국은 치안이 좋은 나라다. 당연히 경찰을 대놓고 건드린 범죄 조직은 무사할 수가 없다.

하지만 팬텀은 그래도 상관없다는, 정말로 막 나가는 태도를 보여주고 있었다.

탕탕! 타타탕!

그들은 경찰 특수 기동대들을 발견하자마자 거침없이 총질을 해대었다. 밤의 인천항 컨테이너 박스 사이에서 전쟁터 한복판처럼 총격전이 벌어지기 시작했다.

"썩을 약쟁이들!"

중대장이 욕설을 내뱉었다.

시작은 조용했다.

특수 기동대원 중에는 은신 스펠을 보유한 각성자가 있었다.

그는 완벽하게 모습을 감춘 채 컨테이너 박스 중 하나로 위장한 팬텀의 아지트로 접근했고, 경계를 서는 놈들을 소리 없이 처리했다.

하지만 그가 아지트 문을 여는 순간부터 사태가 긴급하게 돌아갔다.

"으히히히!"

팬텀 조직원들과 특수 기동대가 총격전을 벌이는 와중에 기괴한 웃음소리가 울려 퍼졌다.

[여기는 뒷문! 각성자들이 기습해 왔습니다! 한 경장이 당했습니다! 우 경사가 버티고는 있지만······.]

팬텀의 아지트는 붙어서 배치된 컨테이너 5개에 구멍을 뚫고이어서 한 건물처럼 만든 것이었다.

당연히 문이 앞뒤로 달려 있기에 특수 기동대는 양쪽을 포위한 채로 작전을 개시했다.

그런데 팬텀의 각성자 전투원이 아지트가 아닌 곳에서 출현, 측면과 후면에서 경찰 특수 기동대를 급습했다는 게 아닌가?

"뭐라고?"

중대장이 당황했다.

투콰쾅······!

그리고 뒷문 쪽을 촬영하던 관측용 드론들 중 하나가 터져나갔다.

앞문 쪽에서 대기 중이던 용우가 중대장에게 말했다.

"뒷문 쪽 지원 가겠습니다."

"돌아가는 데 시간이 너무 많이 걸립니다. 차라리……."

컨테이너는 6줄로, 그리고 5층으로 쌓여 있다. 옆으로 돌아서 반대편으로 가려면 한 세월일 것이다.

"전 금방 갈 수 있습니다."

상식적으로 받아들일 수 없는 말이다. 하지만 헌터 관리부는 제로를 보내주면서 말했다.

"작전 중에 무슨 일이 벌어지든, 그가 할 수 있다고 하면 할 수 있다고 이해하셔야 할 겁니다."

결국 중대장은 고개를 끄덕였다.

"부탁합니다."

"가는 김에 앞을 정리해 두고 가죠."

"네?"

중대장이 당황했지만 용우는 설명하는 대신 앞으로 걸어 나갔다.

다들 깜짝 놀랐다.

"어?"

"무, 무슨 짓입니까?"

다들 은폐물 뒤에 숨어서 총격전을 벌이고 있었는데 용우가 몸을 다 드러낸 채로 뚜벅뚜벅 걸어갔기 때문이다.

"저 자식은 뭐야?"

"쏴버려!"

팬텀 조직원들도 당황한 것 같았다. 그들은 잠시 멈칫했다가 용우를 향해 집중사격을 시작했다.

파파파파!

하지만 그들의 총탄은 용우의 몸에 닿지 못했다.

허공에 물결처럼 번져가는 푸른빛의 파문이 모든 총격을 차단했다.

"허공장?"

당황하는 그들을 관찰하는 용우의 눈이 가늘어졌다.

'이놈들, 약을 한 상태인가?'

총질을 해대고 있는 조직원들에게서 마력이 느껴진다.

하지만 좀 이상했다. 그들은 말기 중독자처럼 보이지는 않았기 때문이다.

'어디 확인해 볼까?'

용우는 한걸음으로 그들과의 거리를 좁혔다.

콰당탕!

그들이 엄폐물로 삼았던 철제 박스들을 레고 블록 쓸어버리듯이 치우고는 주먹을 내지른다.

뻐억!

단 일격으로 한 놈이 무력화되었다.

그리고 또 한 놈이 내미는 총구를 피하면서 가볍게 수도치기를 가했다.

빠각!

"으아아아아악!"

하지만 용우 입장에서 가볍게 친다 해도 일반인의 뼈가 부러지기에는 충분했다.

"흠."

용우는 비명을 지르는 남자의 머리를 붙잡고 촉진(觸診)을 실시해 보았다. 그리고 고개를 갸웃했다.

'뭐가 이래? 들은 거하고는 다른데?'

분명 마력 기관은 없다.

하지만 저출력이기는 해도 마력이 안정적으로 체내에서 돌면서 신체의 반응속도를 향상시키는 역할을 하고 있었다. 아마 전체적인 감각은 좀 더 큰 폭으로 향상되고 있으리라.

"이 자식! 죽어! 죽으라고!"

투타타타타타!

그런 용우의 옆쪽에서 다른 조직원들이 소총을 갈겼다.

하지만 소용없다. 모조리 용우의 허공장에 막힐 뿐이다.

적이 총을 쏘든 말든 용우는 촉진을 마치고 조직원을 집어 던졌다. 그리고 왼손을 들어 올렸다.

─뇌전망(雷電網)!

파지지지직!

일순간 용우를 중심으로 그물처럼 형성된 뇌전이 사방을 휘감았다.

"끄아아아악!"

"아아아악!"

출력을 상당히 낮췄지만 그것만으로도 인간을 무력화하기에는 충분했다.

"앞문 돌입은 맡기겠습니다."

짧게 말한 용우가 위를 올려다보았다.

―도약!

발을 구른 지점에서 빛의 고리가 발생하면서, 용우의 몸이 비정상적으로 높이 치솟았다.

대각선으로 뛰어오른 용우는 컨테이너 박스를 밟고 재차 도약 스펠을 사용, 건너편 컨테이너 박스 더미를 밟고 다시 뛰는 것으로 5층으로 쌓인 컨테이너 박스 위에 올라섰다.

"맙소사."

경찰들이 신음했다.

아군의 접근을 저지하던 적들이 무력화되었으니 곧바로 들어가야 한다.

하지만 누구도 그 당연한 생각을 떠올리지 못하고 있었다. 모두가 용우가 보여준 모습에 압도되고 만 것이다.

*   *   *

뒷문은 상황이 달랐다.

특수 기동대원들은 뒷문으로 팬텀 조직원들이 나오기를 기다리며 총구를 겨누고 있다가 난데없이 기습을 당했다.

경찰들은 은신 스펠을 쓴 대원이 팬텀의 경계병을 제거하는 것과 동시에 관측용 드론을 띄워두었다.

하지만 팬텀의 각성자 전투원 3명이 높이 날고 있는 관측용 드론들의 사각지대, 층층이 쌓인 컨테이너 외벽에 거미처럼 달라붙어서 접근해 왔던 것이다.

"키키키키킥!"

그리고 그들은 아무리 봐도 정상이 아니었다.

탕!

동료들이 여기저기 쓰러진 상황이라 특수 기동대 입장에서는 함부로 사격을 가할 수 없었다.

하지만 그들은 혹독한 훈련을 받은 전문가들이었다. 적들이 돌진해 오면서 사격 각이 나오자 방아쇠를 당겼고, 명중시켰다.

그러나 적들은 총에 맞아도 잠시 움찔할 뿐이었다.

'방탄조끼!'

소총탄도 막아낼 수 있는 방탄조끼를 입고 있었기 때문이다.

그들은 총격을 버텨내고 돌격해 와서 특수 기동대를 공격했다.

─에어 바운드!

퍼어어엉!

대기가 폭발하면서 특수 기동대가 장난감처럼 나가떨어졌다.

"이야아아아아!"

쓰러지면서도 총을 놓지 않았던 대원이 발작적으로 사격을 가했다.

그 사격은 적 각성자의 몸을 난타했다.

방탄조끼를 입고 있다고 해도 그게 전신을 방어해 주지는 않았다. 팔다리에 총탄이 꽂히면서 피가 튀었다.

"키키킥, 안 아파… 안 아프다고!"

하지만 적 각성자는 마치 고통을 모르는 것처럼 흐느적거리면서 웃었다.

물론 고통이 없을 뿐이다. 총탄은 착실하게 인체를 파괴했기에 움직임이 부자연스러웠다.

"히이이익……."

그러나 대원 입장에서는 그것까지 살필 정도로 냉정해질 수가 없었다. 소총탄을 몇 발이나 맞았으면서도 쓰러지지도 않고 다가오는 적을 보며 패닉에 빠질 뿐이다.

그런 대원 앞으로 다가온 적 각성자가 손을 들어 올릴 때였다.

"꺼져!"

다른 놈과 싸우고 있던 각성자 대원, 우 경사가 뛰어들면서 팔을 뻗었다.

─마격탄!

본래 원거리 공격용 스펠은 아무런 도구 없이도 쓸 수 있는 것이다.

우 경사의 손바닥에서 쏘아진 푸른 에너지탄이 적 각성자를 쳐서 날려 버렸다.

퍼어엉!

하지만 그 대가는 컸다.

우 경사와 싸우고 있던 또 다른 적 각성자가 허점을 찔러서 나이프를 휘두른 것이다.

─섬광참(閃光斬)!

날붙이 끝에서 일순간 에너지 블레이드를 발생시키는 스펠이다.

나이프 끝에서 분출된 섬광이 우 경사의 등판을 베었다.

"크악!"

우 경사는 방탄 방검복을 입고 있었지만 에너지 블레이드는 간단하게 그것을 갈라 버렸다. 등짝이 베이면서 피가 확 튀었다.

"죽어!"

상대는 곧바로 찌르기를 가하면서 섬광참을 발하려고 했다.

그러나 그 순간 우 경사의 몸이 푹 꺼지듯이 가라앉았다.

쓰러진 것은 아니었다. 스스로 몸을 땅으로 내던지듯 숙이면서 양손으로 손바닥을 짚고, 그 반동으로 양발차기를 날려서 적을 강타했다.

쾅!

폭음이 울려 퍼지면서 적 각성자가 장난감처럼 날아가 컨테이너에 처박혔다.

"헉, 허억… 으으윽."

우 경사가 비틀거렸다. 마력 컨트롤로 상처를 지혈했지만 이미 출혈의 영향으로 신체 컨디션이 극도로 악화되고 있었다.

"우, 우 경사님!"

우 경사에게 구원받은 대원이 다급하게 외쳤다.

그 옆에서 또 다른 적 각성자가 공격을 가하고 있었기 때문이다.

우 경사는 아슬아슬하게 그것을 피해내면서 반격했다.

―마격탄!

그리고 그대로 뛰어들면서 태클을 걸었다.

상대를 쓰러뜨리면서 그대로 팔을 꺾어버릴 생각이었다.

하지만 태클이 성공해서 땅에 엎어지는 순간, 그 충격으로 등의 상처가 격통을 호소했다.

"으윽."

적 각성자는 그 틈을 놓치지 않고 우 경사의 안면을 후려쳐서 떨궈내고 일어났다.

"이 새끼, 죽여 버리겠……."

콰직!

하늘 위에서 떨어져 내린 누군가 각성자의 팔을 붙잡고 그대로 비틀어서 부러뜨렸다.

"끄아아아악!"

한 박자 늦게 적 각성자의 비명이 울려 퍼졌다.

하지만 팔을 부러뜨린 자는 그러든 말든 인정사정없이 발차기로 허벅지를 때렸다.

투학!

단 일격으로 각성자가 주저앉았다. 허벅지 근육이 끊어지고 다리뼈가 부러졌으니 버틸 수가 없었던 것이다.

공격자는 그런 그의 머리통을 한 대 툭 건드리듯이 쳤다.

털썩!

그러자 팔다리가 부러진 격통에 시달리던 각성자가 실 끊어진 인형처럼 쓰러져 버렸다.

"각성자가 아니마에 중독되면 이런 꼴인가?"

그리고 음성 변조기로 변조된 굵은 목소리가 울려 퍼졌다.

컨테이너 산을 넘어온 용우가 난장판이 된 현장을 걸었다.

그를 알아본 우 경사가 눈을 크게 떴다.

"제로?"

"부상자를 수습하고 재정비하시지요."

용우가 서서히 다가오는 두 명의 적 각성자를 보며 말했다.

"이놈들은 내가 정리해 드릴 테니."

＊　　　　＊　　　　＊

일순간 정적이 그 자리를 지배했다.

용우를 멍청하니 바라보던 적 각성자들이 웃음을 터뜨렸다.

"크큭! 이 새끼는 또 뭐야?"

"기습으로 재미 좀 보더니 세상이 만만해 보이나 보네. 똥폼 잡으니까 좋냐?"

용우는 잠깐 혼란을 겪었다.

한 놈은 태국어로 말하고 한 놈은 영어로 말했기 때문이다.

태국어는 못 알아들었지만 영어는 알아들었다. 용우는 대답하는 대신 헬멧 안에서 피식 웃었다.

파악!

그리고 다음 순간, 용우가 단 한 걸음으로 그들과의 거리를 좁혀서 앞차기를 꽂아 넣었다.

"커어……!"

용우의 앞차기를 맞은, 태국어로 떠들어대던 각성자가 피를 토했다.

단 일격으로 갈비뼈가 와장창 나가 버렸다. 용우는 비틀거리는 그를 지나치면서 머리통을 한 대 쳤다.

툭!

가볍게 건드리는 것 같은 동작이었지만 거기에는 특별한 힘이 깃들어 있었다. 각성자는 그대로 의식을 잃고 쓰러졌다.

'고작 이 수준으로 까분 건가? 대미지를 주기 위해서 기술을 쓰는 게 아니라 안 죽이고 제압하기 위해서 기술을 써야 할 판인데.'

용우는 살짝 어이가 없었다.

일반인 상대로야 재미를 봤겠지만 이놈들의 신체 능력이나 마력은 헌터 기준으로 보면 삼류다. 각성자 튜토리얼에 소환됐다가 겨우 살아남기만 해서 돌아온 놈들이리라.

"너만 남았군."

그 말에 혼자 남은 각성자가 움찔했다.

용우가 우 경사를 돌아보며 물었다.

"내가 경찰 작전이 처음이라 그러는데, 이 경우에는 투항을 권고하는 쪽이 맞습니까?"

"뒤를 봐요!"

우 경사가 기겁해서 외쳤다.

용우가 그들을 돌아보는 순간, 적 각성자가 기회를 놓치지 않고 공격해 왔기 때문이다.

팍!

하지만 용우는 그럴 줄 알았다는 듯 한 발 뒤로 빠지면서 손을 붙잡았다.

"아아아악!"

그리고 손아귀에 힘을 주는 것만으로도 적 각성자의 손목이 부러졌다.

퍽!

이어서 용우의 주먹이 적 각성자의 복부에 깊숙이 꽂혔다.

그리고 용우가 그대로 몸을 돌리면서 적 각성자의 뒷목을 붙잡고 그대로 땅에 처박는다.

"카악……!"

비명을 지르는 적 각성자를 땅에 누르면서 용우가 촉진을 행했다.

'약쟁이라 강할 줄 알았는데 잔챙이잖아.'

각성자가 셋이나 되는데 용우를 상대로 스펠을 써본 놈이 하나도 없는 것만 봐도 알 수 있다. 스펠의 숙련도가 너무 떨어져서 쓰지도 못하고 용우한테 처맞은 것이다.

용우는 그의 머리를 한 대 쳐서 기절시키고는 말했다.

"이놈들을 구속하시지요. 저는 돌입하겠습니다."

앞문으로 돌입한 이들은 이미 전투 중이었다.

그리고 뒷문 쪽에서도 각성자들이 틈을 만들어주길 기다리던 팬텀 조직원이 고개를 내밀더니 권총을 겨누고 쏘았다.

투앙!

하지만 권총탄으로는 용우의 허공장에 흠집도 낼 수 없었다.

"오지 마! 멈추란 말이야!"

용우가 총격을 무시하고 성큼성큼 걸어오자 팬텀 조직원이 겁에 질렸다.

퍽!

용우는 일격에 그를 무력화하고는 총을 빼앗아서 부쉈다. 그리고 그를 한 손으로 들어서 대원들에게 던져주었다.

"……"

대원들은 다들 넋을 잃고 그 광경을 지켜보았다.

"…저 사람 도대체 뭐야?"

누군가 떨리는 목소리로 중얼거린 말이 모두의 마음을 대변하고 있었다.

소문을 들어서, 혹은 미디어를 통해서 일류 헌터가 상식을 초월하는 존재들이라는 것은 알고 있었다.

하지만 그 힘을 자신들의 현장에서 보는 것은 전혀 다른 충격을 선사했다.

마치 영화 속의 초인이 튀어나온 것 같았다. 그들이 세상을 바라보는 상식을 파괴하고 자신의 뜻을 관철하는 존재.

용우는 바로 그런 존재였다.

3

용우는 문지기들을 치우면서 안쪽으로 진입했다.

탕탕탕!

진입하자마자 총격이 쏟아졌다.

비록 컨테이너 여러 개를 연결했다고는 해도 안쪽을 확 튼 것은 아니다. 어디까지나 원래 문이 없던 곳에도 문을 만들어서 이어놓은 것이다.

그래서 적들은 문 앞쪽에 물건을 쌓아서 바리케이드를 만들고 사격을 가해오고 있었다.

"조잡하군."

물론 전부 헛짓거리였다. 용우는 날아드는 총탄을 무시하면서 바리케이드로 다가갔다.

―마격탄!

그런데 그때 바리케이드 너머에서 한 발의 에너지탄이 날아들었다.

투아아앙!

증폭 탄두로 쏜 스펠이 허공장을 때리며 폭발했다.

"헌터 장비도 갖고 있었나?"

증폭 탄두는 일반 총기로는 쓸 수 없다. 전용 총기로만 그 위력을 발휘할 수 있었고, 그런 장비는 일반 총기보다 훨씬 손에 넣기 어렵다.

그런 총기를 쓴다는 것만으로도 팬텀이라는 조직이 얼마나 위험한 놈들인지 알 수 있었다.

―마격탄!

적이 에너지탄을 한 발 더 쏘았다.

그러나 이번에는 반응이 달랐다. 전방으로 돌출된 피라미드형으로 변화한 용우의 허공장이 에너지탄을 흘려보냈다.

퍼어어엉!

빗나간 에너지탄이 컨테이너 벽을 때려서 구멍을 냈다.

그리고 전광석화처럼 달려든 용우의 주먹이 바리케이드를 강타했다.

―에어 바운드!

퍼어어엉!

대기가 폭발하면서 바리케이드를 날려 버렸다. 마구 쌓아 올렸던 물건들과 그 너머에 있었던 팬텀 조직원들이 한 덩어리가 되어서 나가떨어졌다.

"마, 막아!"

쓰러진 자들 중 하나가 외쳤지만 공허했다. 그래도 조직원들은 용감하게 달려들었다.

"이야아아아!"

덩치가 큰 조직원이 태클을 걸었다. 격투기를 좀 배웠는지 날렵한 태클이었지만…….

퍼엉!

허공장을 전개해 두고 있는 용우를 상대로는 벽에다가 태클을 건 것이나 다름없었다. 달려들었던 힘에 의해서 얼굴이 피투성이가 되어 나가떨어졌다.

—라이트닝 블로!

하지만 용우가 허공에 삽질하는 그 꼴을 지켜보는 동안, 마격탄을 쐈던 각성자가 기습을 가해왔다. 뇌전을 머금은 주먹이 용우의 등을 급습한다.

팟!

물론 그것은 착각이었다.

용우는 자연스러운 동작으로 몸을 돌리며 그 주먹을 걷어냈다.

—라이트닝 블로!

그리고 똑같은 스펠로 갚아주었다. 묵직한 혹이 적 각성자의 복부에 꽂혔다.

파지지직!

스턴 건과는 비교도 안 되는 전격이 타격 지점으로부터 퍼져나갔다.

"끄아아악!"

일반인이라면 비명조차 지르지 못하고 쓰러졌을 것이다.

하지만 초인적인 신체 능력을 가진 각성자는 터프했다. 전류가 온몸을 관통하는데도 비명을 지를 정도로.

"힘 조절도 어렵군."

용우는 그렇게 중얼거리면서 뇌전을 거두고 각성자를 집어 던졌다.

그가 전력으로 라이트닝 블로를 날렸다면 각성자는 즉사했으리라.

하지만 이번 일은 어디까지나 경찰의 일을 돕는 것이다. 막 죽여대면 곤란하기에 최대한 안 죽이고 제압하자니 여간 귀찮은 게 아니었다.

'무엇보다 어느 정도까지 충격을 버텨낼 수 있는지를 잘 모르겠으니.'

용우 입장에서 보면 각성자가 아닌 인간은 툭 치면 억, 하고 죽어버리는 허약한 존재들이다.

스펠을 쓸 때는 최대한 저출력으로 쓰고 있긴 한데 그래도 죽어버리지 않을까 걱정스러웠다.

'좀 귀찮아도 하나하나 의식을 끊어놓는 게 마음이 편하겠어.'

용우는 상대의 머리나 목을 잡으면 마력 컨트롤만으로도 의식을 잃게 만들 수 있었다.

마력이 일정 수준에 달했거나 컨트롤이 뛰어난 각성자에게는 통용되지 않는 잔재주이지만 이곳에 있는 자들은 전부 수준 미달이었다.

"이건 뭐야?"

순식간에 팬텀 조직원들을 제압하고 다음 컨테이너로 간 용우가 놀라서 멈춰 섰다.

그곳은 마약이 잔뜩 쌓인 창고 사무실 같았던 다른 컨테이너들과는 전혀 분위기가 달랐다.

거기에는 인간을 가두고 푸른 액체를 채워 넣은 커다란 유리관 2개가 있었다.

그리고 팬텀 조직원들이 그 유리관들을 짐차에 올리고 허공에 뻥 뚫린 직경 3미터짜리 구멍으로 하나씩 밀어 넣고 있는 중이었다.

"이런 스펠을 쓸 수 있는 놈이 지구에 있었나?"

용우가 믿을 수 없다는 듯 중얼거렸다.

그 구멍은 얼핏 보면 일반적인 게이트와 비슷해 보였다.

하지만 용우는 척 보는 순간 그 구멍이 게이트, 그러니까 몬스터가 기다리고 있는 할로우 게이트와는 전혀 다른 종류임을 알아보았다.

왜냐하면 그는 이런 구멍을 만드는 스펠을 알고 있었다.

'오버 커넥트라니……'

그것은 용우가 쓰고 있는 블링크와 같은 계통의 스펠이다.

멀리 떨어진 두 개의 지점의 공간을 하나로 잇는 문을 만들어 내는, SF에 자주 등장하는 워프 게이트를 만드는 스펠이라고 할수 있었다.

이것은 대단히 고등한 스펠이다. 용우의 경험상 마력 기관이 페이즈15에 도달해야 사용이 가능해질 정도다.

공식적으로 지구의 각성자 중에는 아직 그 수준의 마력을 지닌 자가 없다.

게다가 각성자 튜토리얼에서 7세대 각성자 중 7위 안에 들어가는 성적을 기록한 유현애조차도 공간 간섭계 스펠은 단 하나도 보유하지 못했다.

그런데 공간 간섭계 중에서도 최상위급 스펠을 쓰는 자가 있다니?

"막아!"

"조금이라도 시간을 끌어!"

팬텀 조직원들의 다급한 외침이 아연해하던 용우의 정신을 일깨웠다.

"시간을 끌어?"

용우의 눈이 분노로 물들었다.

─피지컬 부스트!

순간 용우의 인지 속도가 2배 이상으로 가속했다.

뿐만 아니다. 신체의 가동 속도 역시 인지 속도와 똑같은 수준으로 가속하는 게 아닌가?

투칵! 툭! 퍼엉! 투하학!

팬텀 조직원들은 용우의 움직임을 제대로 보지도 못했다.

직접적으로 공격을 받는 공격 대상자만이 아니라 옆에서 보고 있는 제3자도 마찬가지다. 뭔가 스쳐 갔다고 생각한 순간 옆의 동료가 나가떨어지고 있었다.

순식간에 컨테이너 안의 팬텀 조직원들을 제압한 용우는 마지막 한 명의 목을 붙잡고 말했다.

"설명해라. 이게 뭐지?"

"으윽, 마, 말할 것 같으냐?"

"이것 참."

용우가 한숨을 쉬었다.

성질 같아서는 콱 팔다리를 부러뜨려 가면서 고문하고 싶다. 하지만 경찰들과 합동작전 중에 그럴 수는 없는 노릇이었다.

'진실의 서약을 써버려?'

잠시 고민하던 용우는 곧 흥, 하고 코웃음을 치며 살의를 거두었다.

"정보를 캐내는 건 내 일이 아니긴 하지."

조직원의 의식을 끊어놓은 용우는 아직 워프 게이트 너머로 사라지지 않은 2개의 유리관을 살펴보았다.

"이건 또 뭔지 모르겠지만… 이놈들이 막 나가는 이유가 여차하면 중요한 건 이걸로 빼돌릴 자신이 있어서였다, 이거지?"

용우가 워프 게이트로 다가갈 때였다.

우웅…….

워프 게이트가 진동하면서 불쑥 누군가 나타났다.

눈에 초점이 없는 흑인 남자였다.

'뭐지?'

한눈에 제정신이 아님을 알아볼 수 있는 상태다. 몽유병 환자이기라도 한 것일까?

파아앙!

그런데 그는 나타나자마자 용우에게 나이프를 찔러왔다. 마력 반응 코팅 처리가 된 물건인지 시퍼런 스파크를 뿜어내고 있었다.

하지만 용우는 가볍게 피해내고는 하단 돌려차기를 날렸다.

투학!

흑인 남자는 그 일격으로 다리에 힘이 풀려서 주저앉고 말았다.

"……."

그러나 흑인 남자는 말하기는커녕 비명조차 지르지 않았다.

그는 주저앉은 채로 허우적거리며 나이프를 휘둘렀다.

"이놈은 또 뭐야?"

용우는 흑인 남자의 머리를 붙잡고 촉진을 해보았다.

그리고 경악했다.

'마력 기관이 없다. 각성자가 아니야. 그런데 어떻게 이만한 마력을 쓰지?'

흑인 남자는 각성자가 아니었기 때문이다.

그런데도 방금 전에는 거의 페이즈2 수준의 마력을 발했다.

용우가 진입하면서 제압한 다른 조직원들이 겨우 마력을 발현한 수준에 불과했음을 보면 놀라운 일이었다.

'아니, 잠깐.'

촉진을 계속해 본 용우는 그의 체내에서 특이 사항을 발생했다.

바로 뇌와 심장에 마력이 농축되어 있다는 점이었다. 마치 그 둘이 마력 기관의 역할을 하는 것 같았다.

용우가 좀 더 자세히 살펴보려 할 때였다.

투웅!

갑자기 흑인 남자의 몸이 크게 진동하면서 강렬한 마력 파동이 발생했다. 용우가 그의 머리를 붙잡은 손을 놓고 물러나야 했을 정도의 충격이었다.

구구구구구……!

그리고 흑인 남자의 몸이 격하게 떨리기 시작했다.

아니, 그의 몸만이 아니다. 그를 중심으로 주변의 땅이 진동하면서 흙이나 먼지가 위로 천천히 떠오르는 게 아닌가?

'염동력?'

용우가 의아해할 때였다.

"흐으으으……"

바람 빠진 소리를 내면서, 눈을 하얗게 까뒤집은 흑인 남자가 일어나기 시작했다.

그 동작이 기괴했다.

정상적으로 손으로 땅을 짚고 일어나는 게 아니라 실에 조종당하는 인형이 일으켜 세워지는 것 같았다.

"뭐야? 호러 영화야?"

어이없어하며 중얼거린 용우가 뛰어들면서 주먹을 날렸다. 무슨 변화가 일어나는지는 모르겠지만 기다려 줄 이유가 없었으니까.

투학!

그러나 용우의 주먹이 허공에 발생한 푸른빛의 파문에 튕겨 나왔다.

"허공장?"

용우가 놀라는 순간, 흑인 남자가 먹으로 칠한 것처럼 새카맣게 물들었다.

쉬이이이이!

광풍이 휘몰아치면서 그 실루엣이 급격하게 변화해 간다.

용우가 정신을 차리고 다시 공격을 가하려는 때였다.

〈팔라딘, 가동.〉

처음으로 흑인 남자의 목소리가 울려 퍼졌다.

아니, 그것은 목소리가 아니었다.

육성이 아니라 텔레파시였으니까. 그래서 용우도 굳이 머릿속에서 번역하는 과정 없이 알아들을 수 있었다.

"…넌 뭐냐?"

용우가 그를 노려보며 물었다.

상대는 완전히 미지의 존재로 변해 있었다.

"고스트와는 어떤 관계지?"

머리부터 발끝까지 전신을 빈틈없이 새하얀 갑옷으로 두른 존재가 창을 들고 서 있었던 것이다.

*　　　　　*　　　　　*

용우는 고스트 7명의 모습을 알고 있다.

그들이 용우가 어비스에서 만난 성좌의 아바타와 똑같은 모습을 하고 있다는 것을 알기 때문이다.

그런데 눈앞의 하얀 갑옷은 7명 중 누구와도 다른 모습이다.

새하얀 갑옷은 디자인부터가 성좌의 아바타들과는 달랐다. 보다 단순한 디자인이다.

'하지만 저 창은…….'

창 역시 디자인 면에서는 딱히 특이점이 없다.

그러나 창날에 새하얀 냉기가 맺혀서 흐르고 있는 것이 범상치 않은 창임을 알 수 있었다.

'이건 관계가 없을 수가 없지.'

눈앞에서 하얀 갑옷을 입은 모습으로 변신한 것부터가 지구상의 그 어떤 이론으로도 설명 불가능한 현상이다.

하지만 한없이 유사한 현상을 일으키며 출현하는 존재가 있다.

바로 고스트다.

'고스트와 똑같진 않지만 상당히 비슷해 보이는 녀석이, 빙설의 창처럼 냉기를 흘리는 창을 갖고 나타났다. 팬텀의 배후에 고스트가 있다는 건 너무나 명확하군.'

상대의 마력은 인간의 모습일 때와는 비교도 안 될 정도로 폭증했다.

'그놈, 인류를 구하느니 뭐니 숭고한 척은 다 한 주제에 뒤로는 이런 짓을 하고 있었나.'

용우는 광휘의 검을 든 순백의 고스트를 떠올리며 일그러진 웃음을 지었다.

하지만 경멸과 분노에 사로잡힌 것은 잠시였다.

순식간에 전투 상황에 어울리는 냉정함을 되찾은 용우가 하얀 갑옷의 창병을 관찰했다.

'마력은 상당하군.'

인류는 마력 연구에 있어서 아직까지 페이즈12 이후의 영역을 명확하게 데이터화하지 못하고 있다.

적어도 공식적으로는 그렇다. 공식적으로 페이즈12 이상의 마력 보유자는 없기 때문이다.

그러나 용우는 어비스에서 그 영역을 경험한 인물이다. 당연히 그 영역에 대한 기준을 갖고 있었다.

'하지만 5등급 몬스터 수준까지는 아니야. 페이즈13 이상 14 이하 정도로 보면 될까?'

각성자 기준으로는 엄청난 마력이지만 용우는 그 사실에 큰 의미를 두지 않았다.

'어디 실력은 어느 정도인지 볼까?'

용우가 한 걸음 내디뎠을 때였다.

"크악!"

용우가 들어온 반대편에서 총성과 비명 소리가 울려 퍼졌다.

그리고 문이 거칠게 열리면서 총구를 겨눈 특수 기동대원들이 진입했다.

"모두 물러나!"

용우가 버럭 소리를 지를 때였다.

하얀 갑옷이 창을 휘둘렀다.

—염동산탄(念動散彈)!

그러자 창의 궤적으로부터 발생한 새하얀 에너지탄 다발이 특수 기동대원들을 덮쳤다.

"아악!"

특수 기동대원들이 비명을 지르며 나가떨어졌다.

하얀 갑옷이 쓴 염동산탄에는 지독한 냉기가 깃들어 있었다. 방탄 장비 위로 총탄을 맞는 것 같은 충격이 전해지면서, 체내로 냉기가 침투해 왔다.

퍼엉!

하지만 하얀 갑옷이 다음 동작을 하기 전에 용우가 그를 후려 갈겼다.

하얀 갑옷이 몇 미터나 튕겨 나간다. 용우가 그를 따라잡는 순간이었다.

—프리징 필드!

파아아아아!

그가 창을 들고 땅을 찍자 트레일러 안이 전부 강렬한 한파에 휘감기면서 땅이 얼어붙었다.

용우도 거기에 집어삼켜지면서 전신이 새하얗게 얼어붙어서 멈춰 버리고 말았다.

하얀 갑옷은 창을 빙글 돌려서 쥐고는 결정타를 날리려 했다.

쩌적…….

그런데 용우의 몸을 얼렸던 얼음이 쪼개져 떨어지기 시작하는 게 아닌가?

"이게 다냐?"

얼음이 우수수 떨어져 나가면서 용우가 한 걸음 앞으로 걸어 나왔다.

쾅!

흠칫하는 하얀 갑옷의 안면에 용우의 주먹이 꽂혔다.

4

구세록의 계약자들이 술렁였다.

"이게 어떻게 된 거야!"

"한국 헌터 업계의 거물이 된 놈이 왜 경찰 지원 따위를……."

그들은 당황하고 있었다.

용우가 추측한 대로 팬텀은 구세록의 계약자, 정확히는 그들 중 3명이 연합해서 만들어낸 조직이다.

미국과 유럽을 제외한 지역에서만 활동하는 이 조직은 구세록이 전한 지식 중 가장 악랄한 것을 이용해서 인간을 모르모트화하고 있다.

이 조직은 그들이 만들어낸 마약 '아니마'를 퍼뜨리기 위해서 존재한다.

그들의 목적은 마약상들과 달리 돈을 버는 것이 아니었다. 그저 아니마를 한 명이라도 더 많은 인간에게 퍼뜨려서 중독자 중에 특정한 반응을 보이는 자를 찾아내는 것이 목적이었다.

지금까지 그 시도는 성공적이었다.

세상에는 의지할 곳 없는 인간이 넘쳐났다. 사라진다 해도 아무도 신경 쓰지 않을 그런 인간들이.

그런 인간들 사이로 퍼져 나간 아니마는 그들에게 수많은 실험용 샘플들을 제공해 주었다. 그 샘플들을 이용해서 추악한 연구를 진행한 끝에 그들은 많은 성과를 얻을 수 있었다.

양지의 연구자들이 도달하지 못한, 오로지 인류를 저버리는 것으로만 얻을 수 있는 성과를.

"다니엘 윤, 이런 정보를 모르고 있었나?"

"미켈레, 네가 나한테 따지고 들 처지인가? 내가 분명히 한국에서 저 팬텀이라는 쓰레기들을 치우라고 경고했을 텐데?"

다니엘 윤이 금발의 이탈리아인 남자, 미켈레를 쏘아보며 말했
다.

그의 살기를 느낀 미켈레가 가면 속에서 비아냥거렸다.

"구세록의 선택도 받지 못한 동양 원숭이들을 이런 식으로나
마 쓸모 있게 만들어준 내게 감사해야 하는 것 아닌가? 네놈이
영국의 영광을 강탈해서 한국을 살렸으니, 한국은 감히 신의 뜻
을 거스른 죄를 그런 식으로라도 속죄해야 한다."

"닥쳐. 망상병자."

다니엘 윤과 미켈레가 서로를 노려보았다.

지금 미켈레가 말하는 것은 사실 구세록의 계약자들 사이에
서는 해묵은 문제였다.

미켈레는 구세록의 광신도라고 할 수 있는 인물이었다.

그는 구세록이야말로 신이 내린 계시라고 믿었으며, 처음 구세
록이 지구상에 모습을 드러낸 7개 국가야말로 신에게 선택받은
국가들이라고 주장했다.

그 국가들은 다음과 같다.

일본.
대만.
미국.
프랑스.
이탈리아.
영국.

인도.

멸망한 영국을 제외하면 모두 세계 최고로 손꼽히는 헌터 강국들이다.

한국 또한 저들과 어깨를 나란히 하는 헌터 강국이지만, 구세록이 출현한 국가 리스트에는 존재하지 않는다.

다니엘 윤이 구세록을 만난 것은 영국 여행 도중이었다.

그는 영국에서 구세록의 계약자가 되었으면서도 영국이 아니라 한국을 지켜왔고, 미켈레는 감히 구세록의 선택을 저버린 그 행위가 죄악이라고 주장해 왔다. 물론 다니엘 윤은 미켈레의 주장을 미치광이의 헛소리로 치부해 왔고.

그런 사정이 있으니 구세록의 계약자들 속에서 두 사람의 관계가 최악인 것은 당연한 일이었다.

문득 한 사람이 두 사람 사이에 끼어들었다.

금발 단발머리의 여성, 카르타였다.

"미켈레, 분명히 한국에서 팬텀을 철수시키는 데 동의했던 걸로 기억하는데?"

그 말에 미켈레가 불쾌한 듯 혀를 찼다.

하지만 그는 곧 어깨를 으쓱하며 아무렇지도 않은 척 말했다.

"그야 그렇겠지만 그래도 이미 뿌려놓은 것들의 성과는 갖고 철수해야 할 것 아닌가? 단계적으로 철수 중이었다."

"그걸 말이라고 지껄이는 건가?"

"한국에서는 셀레스티얼 샘플이 여럿 발견되었다. 그 샘플들에 대해서 몇 가지 확인 작업과 기본적인 실험을 진행하느라 좀 늦어질 수밖에 없었지."

당연히 네가 내 사정을 이해해야 한다. 그런 뻔뻔한 미켈레의 태도에 다니엘 윤은 더 이상 말하지 않고 살기만 뿜어내었다.

미켈레가 말했다.

"어쨌든 이번 일은 내 문제니 내가 수습하도록 하지."

"잠깐."

카르타가 말했다.

"이걸 빌미로 0세대 각성자에게 손쓸 생각 아닌가? 너는 0세대 각성자를 처치하고 싶어서 안달이 났잖아?"

"부정하진 않겠다. 신의 뜻에서 벗어난 이레귤러는 당장에라도 없애야 해. 하지만……."

미켈레가 코웃음을 쳤다.

그는 구세록을 신이 인류를 구하기 위해 내린 계시이며, 인류가 겪은 재앙은 모두 그동안 쌓아온 죄업을 속죄하는 과정이라고 믿고 있었다.

"아무리 그래도 팔라딘으로 0세대 각성자를 처치하는 게 가능할 것 같은가?"

"……."

그 말에는 금발 단발머리 여자도 반박할 수 없었다.

"오히려 시험하기 딱 좋은 정도라고 생각하는데? 허우룽카이, 오버 커넥트의 유지 시간은?"

그러자 허우룽카이라 불린, 긴 검은 머리카락을 목 뒤로 묶은 남자가 말했다.

"길어봐야 앞으로 40초."

"나머지 샘플 둘은 포기해야겠군. 제기랄, 하필이면 희귀 샘플들을……."

미켈레가 짜증을 냈다.

다니엘 윤과 카르타에게 늘어놓은 말은 둘러대기 위해 떠든 거짓말이 아니었다.

저곳에 있던 실험체들은 팬텀 조직의 실험체 중에서도 정말로 귀중한 것들이었고, 더 심도 깊은 연구를 위해 해외에 있는 비밀 연구 시설로 이송하려던 참이었던 것이다.

그런데 하필이면 아직 2명이나 옮기지 못한 상황에서 일이 터지다니…….

"간다."

미켈레가 가면 속에서 눈을 감고 정신을 집중했다.

그러자 시공간을 넘어서 거대한 힘이 용우가 있는 인천항에 떨어졌고, 그 힘을 받아들인 '그릇'이 하얀 갑옷의 형상으로 변화하기 시작했다.

*　　　　*　　　　*

콰아앙!

폭음이 울리며 하얀 갑옷이 컨테이너 벽까지 날아가서 처박혔다.

그를 날려 버린 용우는 여유롭게 한 걸음 내디뎠다.

바삭.

살얼음이 부서지는 소리가 났다.

하얀 갑옷이 발한 빙결 파동은 강력했다. 반경 10미터가 새하얗게 얼어붙은 것만 봐도 알 수 있었다.

그러나 용우에게는 아무런 타격도 주지 못했다.

기술의 차이를 논할 것까지도 없다. 현재 용우의 마력은 하얀 갑옷을 웃돌고 있었다.

"조악한 짝퉁이군."

용우가 하얀 갑옷을 조롱했다.

성좌의 아바타가 휘두르는 빙결의 창의 힘은 이 정도가 아니다.

아니, 유현애의 아티팩트 불꽃의 활만 봐도 하얀 갑옷의 창과는 비교도 안 되는 힘을 내재하고 있었다.

"그래도 마력 반응 코팅보다는 훨씬 나아. 샘플로 가져가면 권 박사가 비싸게 사주겠는데?"

그렇게 말하는 용우의 손에 마술처럼 양손 대검 한 자루가 나타났다.

파지지직!

마력 반응 코팅 처리가 된 칼날이 푸른 스파크를 튀기기 시작했다.

그것을 보면서도 하얀 갑옷은 아무런 말도 없었다.

'기계도 아닐 텐데.'

싸우는 것 말고는 아예 다른 기능이 없는 것 같은 태도였다.

치지지직……!

그때 아직까지 유지되고 있던 워프 게이트가 한 지점으로 수축하면서 사라져 버렸다. 스펠의 지속시간 한계에 도달한 것 같왔다.

용우의 주의가 거기에 쏠린 순간이었다.

하얀 갑옷이 그 틈을 놓치지 않고 공격해 왔다.

'단순하군.'

그러나 용우는 차갑게 웃었다.

그 허점은 의도된 허점이었던 것이다.

용우가 하얀 갑옷이 찔러온 창을 가볍게 피하면서 반격했다.

파아아아앙!

컨테이너가 통째로 뒤흔들렸다.

하얀 갑옷은 창으로 허공장을 증폭해서 공격을 막아내고는 반격을 가해왔다. 컨테이너 벽을 박차고 포탄처럼 돌격하면서 창을 찔렀다.

—프리징 필드!

또다시 스펠이 터지면서 한기 파동이 컨테이너 안을 휩쓸었다.

모든 것이 하얗게 얼어붙는 가운데 하얀 갑옷만이 빠르게 움직였다. 새하얀 기운을 두른 그가 얼어붙은 용우를 향해 발차기를 내질렀다.

—블링크!

하지만 그 순간 용우가 사라졌다.

하얀 갑옷이 주춤하는 순간, 용우가 그의 뒤쪽에 나타나서 양손 대검을 휘둘렀다.

—용참격(龍斬擊)!

에너지 칼날이 뻗어나가면서 하얀 갑옷의 왼손을 잘라 버렸다.

〈······!〉

하얀 갑옷이 몸을 돌리는 순간이었다.

—마격탄(魔擊彈)!

퍼어어엉!

용우가 아무런 장비도 없이 발한 에너지탄이 하얀 갑옷의 얼굴을 때렸다.

허공장 때문에 충격이 오지는 않았지만 일순간 시야가 섬광으로 가려진다.

그리고 그 순간 다시 하얀 갑옷의 뒤를 점한 용우가 양손을 뻗었다.

파지지직!

허공장이 서로 충돌하면서 격렬한 스파크가 튀었다.

"고작 이 정도냐?"

용우가 싸늘하게 웃었다.

동시에 그의 양손이 하얀 갑옷의 허공장을 통과해서 양팔을 붙잡았다.

"이것도 대응 못 하나?"

하얀 갑옷이 용우를 떨쳐 버리려고 할 때였다.

퍼어어엉!

폭음이 울려 퍼지면서 하얀 갑옷의 팔뚝이 터져 나갔다.

용우가 손을 놓고 물러나는 순간, 그가 잡고 있던 지점이 폭발한 것이다.

그 결과 하얀 갑옷의 왼 팔뚝이 반쯤 끊어지고 오른 팔뚝도 너덜너덜해졌다.

하지만 하얀 갑옷은 비명조차 지르지 않는다.

'이래도 비명조차 지르지 않는군. 마치 뇌가 표백되고 전투 인공지능이라도 심어진 것 같아.'

용우는 그 사실이 기분 나빴다.

하얀 갑옷은 변신 전에는 분명 인간이었다. 그런데 이렇게까지 기계적일 수가 있는가?

팍!

용우가 하얀 갑옷의 머리통을 거칠게 움켜쥐었다.

하얀 갑옷이 창의 힘을 발동시키려고 했지만 부질없는 짓이었다. 방금 전의 충격으로 창을 놓쳐 버렸기 때문이다.

파지지직!

용우의 손에 닿은 그의 머리에서 격렬한 스파크가 튀어 올랐다.

〈그아아아아아악!〉

처음으로 하얀 갑옷이 인간적인 반응을 보였다. 비명이 터져 나온 것이다.

용우의 손을 통해 침투해 온 정체불명의 힘이 그의 뇌를 칼로 헤집는 것 같았다.

콰아아아아아!

어느 순간, 하얀 갑옷의 전신에서 강렬한 충격파가 터져 나왔다.

그의 머리를 붙잡고 있던 용우도 버티지 못하고 튕겨 나갔다.

'뭔가 왔군.'

용우가 노려볼 때였다.

〈어이가 없군.〉

거만한 정신파가 울렸다.

〈이렇게 쉽게 당할 줄이야. 전투 데이터가 별로 안 쌓인 그릇이라고는 해도…….〉

"너, 조금 전까지하고 다른 놈이군?"

용우는 오싹함을 느끼며 물었다.

확신할 수 있었다. 태도만 바뀐 게 아니다.

인간 그 자체가 바뀌었다.

정확히는 저 몸을 조종하는 주체가 바뀌었다고 할까?

'분명 조금 전에 접촉한 그놈이다.'

용우가 하얀 갑옷의 머리를 붙잡고 한 것은 과격한 촉진 행위였다.

그것은 신체 상태를 파악하는 것이 목적이 아니었다.

용우는 갑작스럽게 흑인 남자에게 주어진, 마치 먼 곳에서 그에게 내려진 것 같은 그 힘을 추적하고 있었다.

만약 상대가 원거리에서 힘을 내리고 연결을 끊었다면 추적할 수 없었을 것이다. 그러나 상대는 힘을 내려준 후에도 연결을 유지하고 있었고, 그래서 용우는 촉진을 통해서 그에게 닿았다.

그리고 시공간을 초월한 접촉의 순간, 상대가 직접 권속의 몸에 강림한 것이다.

〈이레귤러, 너에 대한 처분은 나중으로 미루도록 하지.〉

하얀 갑옷은 이미 너덜너덜해져 있다. 인간이라면 더 이상 전투 수행이 불가능한 중상이다.

그러나 그 몸을 차지한 정체불명의 존재는 여유만만했다.

우우우우우우!

그리고 용우는 곧 그 자신감의 근거가 무엇인지 알 수 있었다.

하얀 갑옷이 지닌 마력이 극한까지 응축되고 있었다.

〈죽어라.〉

그리고 하얀 갑옷이 터져 나가면서 강렬한 폭발이 컨테이너 안을 휩쓸었다.

*　　　　*　　　　*

쿠구구구구궁……!

폭음이 울리며 땅이 가볍게 진동했다.

"뭐야?"

"뭐가 폭발했어?"

밖에 있던 경찰들이 경악했다.

아무리 봐도 아지트 안에서 폭탄이 터진 모양새이지 않은가?

다들 불안한 눈으로 주변을 바라보았다. 혹시 저 폭발로 컨테이너가 주저앉기라도 한다면?

그럼 높다랗게 쌓인 컨테이너들이 연쇄적으로 쓰러지면서 대형 사고가 터질 것이다.

"……."

하지만 다행히도 그런 일은 없었다. 컨테이너들이 불안하게 흔들렸지만 그뿐이었다.

[여기는 제로.]

다들 침을 꿀꺽 삼키는 가운데, 무전으로 용우의 목소리가 들려왔다.

[안쪽 진압은 끝났다. 방금 전의 폭발로 적 다수 사망. 하지만 아직 제압된 생존자가 다수 있으니 바로 진입해서 구속해 주길 바란다.]

"조금 전의 폭발은 뭐였나? 안쪽의 붕괴 위험은 없나?"

[없진 않을 것 같다. 신속한 조치가 필요하다.]

"알겠다."

중대장이 부하에게 말했다.

"바로 인근에 대피 경보 때려. 그리고 크레인 기사 불러서 저기 쌓인 컨테이너들을 옮길 수 있도록."

곧 경찰들이 분주하게 움직이기 시작했고, 아직 목숨이 붙어 있는 팬텀 조직원들이 줄줄이 끌려 나오며 안쪽에 남아 있던 대량의 아니마의 운반 작업이 이루어졌다.

*   *   *

구세록의 계약자 7명 중 하나, 이탈리아인 미켈레는 자신의 집에서 작게 한숨을 쉬었다.

"0세대 각성자……."

그는 바위처럼 딱딱한 인상의 백인 남자였다. 나이는 40대 후반이었지만 누가 봐도 30대 초중반으로밖에 보이지 않을 정도의 젊음을 유지하고 있다.

그는 팬텀 조직에 속해 있는 '그릇'을 통해서 마주했던 용우를 떠올리며 중얼거렸다.

몸에 열이 나서 땀이 흐르고 숨이 갑갑한 기분이 들었다.

팬텀에서 금단의 인체 실험을 통해서 만들어낸 '그릇'에 힘을 부어 넣는 것은 게이트 안에서 각성자의 시신을 통해 '고스트'라 불리는 존재로 강림하는 것과는 다른 감각이었다.

아직까지는 아주 어색하고 부담감이 크다. 그런 주제에 성능은 형편없었다.

갈증을 해소하기 위해 셔츠 단추를 풀고 정수기로 향하던 그는 문득 움찔하며 멈춰 섰다.

오른손에 전기가 흐르는 듯한 통증을 느껴졌기 때문이다.

"⋯⋯."

생소한 통증이다. 지금까지 몇 번이나 그릇에 힘을 부어 넣어 봤지만 이런 후유증은 느껴본 적이 없었다.

하지만 미켈레는 이 통증의 원인을 알 것 같았다.

'그때.'

그릇에 힘을 부어서 변신시키고 정보 공간에서 사태를 관조하고 있을 때였다.

변신한 그릇과 접촉한 용우의 마력이, 미켈레와 그릇 사이의 연결 고리를 따라서 그에게까지 닿았다.

그 순간 마치 불에 덴 것 같은 통증이 느껴졌고, 그는 놀란 나머지 직접 정신을 그릇에다 옮기면서 힘을 쓰고 말았다.

"역시⋯ 그놈은 위험하다."

구세록에 기록되지 않은 이레귤러라는 것만으로도 그 위험성은 이루 말할 수 없을 정도다.

"구세록의 예언이 어그러지기 전에 제거해야 해."

어두컴컴한 방 안에서 그의 눈이 이글거리며 타올랐다.

*   *   *

백원태는 새벽 늦은 시간에 용우의 집으로 차를 몰고 있었다.

경찰의 팬텀 검거 작전에 협력한 용우가 백원태에게 전화해서 비밀리에 와주기를 부탁했기 때문이다. 용우의 목소리가 심각해서 백원태는 이유를 묻지 않고, 아무도 대동하지 않은 채로 그의 집으로 향했다.

"이건 뭡니까?"

백원태가 내민, 고급 멜론이 든 쇼핑백을 본 용우가 물었다.

"집들이 선물입니다. 어쨌든 이사한 집에 처음 오는 거니까 예의는 차려야 하지 않겠습니까? 집들이 선물로 먹을 건 별로 안 어울리는 것 같지만 이 시간에 휴지를 사들고 오기도 좀 그래서……."

"감사히 받겠습니다."

용우가 피식 웃자 백원태가 물었다.

"여동생분은?"

"재웠습니다. 아침까지는 안 깰 겁니다."

"……."

"부작용은 없는 방법으로 재웠습니다. 아무래도 우희는 모르는 편이 좋을 일이라서."

용우는 섬뜩하게 들리는 이야기를 하고는 백원태를 안쪽 방으로 안내했다.

그리고 방의 불이 켜지는 순간, 백원태는 숨을 삼켰다.

한 소녀가 침대에 누워 있었다.

연구소에서 실험에 참가하는 사람들이 입을 법한 하얀 옷을 입은 그녀는 오랫동안 햇빛을 보지 못한 것처럼 피부가 창백했다. 머리카락은 푸석푸석했고 몸은 앙상하게 말라서 식사를 잘 하지 못하는 환경에 있었음을 짐작할 수 있었다.

백원태가 긴장한 어조로 물었다.

"…이건 누굽니까?"

"신원 정보는 저도 모릅니다."

이어지는 용우의 말에 백원태는 망치로 뒤통수를 얻어맞은 듯한 충격을 받았다.

"이 아이는 팬텀의 실험체니까요."

Chapter18

악마의 흔적

1

새벽의 아파트에 묵직한 침묵이 감돌았다.

한참 동안 멍청하니 용우를 바라보던 백원태가 물었다.

"팬텀의 실험체란 말입니까? 이 여자애가?"

"예."

고개를 끄덕인 용우가 사정을 설명했다.

"오늘 놈들의 아지트를 덮쳤을 때, 상당히 놀라운 일이 기다리고 있었습니다."

용우는 차분하게 그곳에서 자신이 본 것들을 설명해 주었다.

팬텀의 조직원들은 딱히 말기 중독자처럼은 보이지 않았는데도 다들 마력을 쓰고 있었다는 것.

그들이 고위 공간 간섭계 스펠인 오버 커넥트로 중요한 것들을 빼돌리고 있었다는 것.

그리고 워프 게이트 너머에서 나타난 팬텀 조직원이 마치 '고스트'의 마이너 카피처럼 보이는 존재로 변신해서 자신과 싸웠다는 것……

"놈들이 마지막까지 빼돌리지 못한, 인간이 들어 있는 캡슐이 2개 있었습니다."

하얀 갑옷이 자폭했던 것은 그 캡슐들을 파괴하고 그 안에 있던 실험체들을 없애 버리기 위해서였다.

용우는 하얀 갑옷이 자폭하려고 한다는 사실을 알아차리는 순간, 곧바로 블링크로 캡슐에 접근했다.

그리고 캡슐을 깨고 안에 있던 소녀와 함께 블링크해서 폭발을 피했던 것이다.

"…용우 씨, 블링크나 텔레포트라는 스펠은 사용자에게만 적용되는 거 아니었습니까?"

"지금 그게 중요합니까?"

용우는 백원태를 한번 흘겨보고는 설명해 주었다.

"사용자의 마력이 커지면 접촉한 사람 하나 정도는 같이 옮길 수 있습니다. 그만큼 이동 거리가 짧아지지만."

"그렇군요. 든든한데요?"

"뭐가 든든합니까?"

"어느 날 우리가 같이 있다가 재난 상황에 휩쓸려도 용우 씨가 날 버리고 혼자 튀어버리진 않을 거 아닙니까?"

"……"

용우가 정말 싫다는 표정을 짓자 백원태가 킬킬거렸다.

곧 그가 표정을 진지하게 고치며 말했다.

"그런데 왜 경찰에 알리지 않고 집으로 데려온 겁니까?"

"경찰을 믿을 수가 없어서입니다."

"설마 경찰 내부에 팬텀의 스파이가 있다고 의심하는 겁니까?"

"그런 이야기가 아닙니다. 경찰이 너무 약해서 못 믿겠습니다. 만약 팬텀 쪽에서 그 고스트의 짝퉁 같은 놈까지 동원해서 작정하고 강탈하거나 없애 버리겠다고 덤비면 절대 못 지킬 겁니다."

"……."

신랄하다.

너무 신랄해서 경찰에 대한 동정심이 왈칵 솟구칠 지경이다.

'근데 이거 뭐, 반박할 말이 없군.'

헌터와 경찰의 무력 차이는 군대와 경찰의 무력 차이와도 비슷하다.

헌터는 사회가 유지될 수 있는 세계의 기반 그 자체를 지키는 자들이고, 경찰은 헌터가 지켜낸 기반 위에서만 성립하는 사회의 치안을 지키는 자들이다.

당연히 양쪽에 주어진 무력은 현격한 차이가 날 수밖에 없었다.

백원태가 물었다.

"그럼 용우 씨는 이 아이를 어떻게 하고 싶은 겁니까?"

"2가지 방안을 생각해 봤습니다. 첫 번째는 그녀를 확보한 경위를 속이고 한국 게이트 재해 연구소로 보내는 것."

그녀에게는 의료적 진단과 보살핌이 필요하다. 한국 게이트 재해 연구소라면 그녀를 연구 대상으로 보긴 하겠지만 팬텀처럼 비인륜적인 실험을 하진 않을 것이다.

"두 번째는?"

"아예 그녀의 신분을 위장하고 비밀리에 살아갈 수 있도록 후원하는 겁니다. 물론 어느 쪽이든 팬텀에 대한 정보는 제공받아야겠죠."

"국가의 신세를 지냐 안 지냐로 선택지를 나눠놓았군요."

백원태가 잠시 생각해 보더니 말했다.

"알겠습니다. 그럼 두 번째로 진행합시다."

"그럼 그렇게 해주시죠."

"음? 괜찮겠습니까?"

"어차피 제가 처리할 수 있는 문제가 아니니까요. 사장님의 손을 빌려야 하는 일이니 사장님이 좋다고 생각하는 쪽으로 하세요."

"신뢰하는 건지 아니면 귀찮아서 떠넘기는 건지 헷갈립니다만?"

"편하신 대로 생각하시죠. 제 의견을 물으신다면… 나중에라도 이 아이가 국가기관에 몸을 의탁하기를 원한다면 그렇게 해달라는 정도입니다."

"알겠습니다. 그럼 일단 차로 옮겨야겠는데 좀 도와주겠습니까?"

"그러죠. 옮길 때 흔적을 남기면 안 될 테니까 내려가서 라이트로 신호해 주시면 제가 데리고 내려가겠습니다."

그 말에 백원태의 표정이 묘해졌다.

용우가 물었다.

"왜 그러십니까?"

"용우 씨, 그럼 데려올 때는 어떻게 데려온 겁니까?"

"텔레포트로 왔습니다. 집은 좌표 지정을 해놔서요. 데리고 나갈 때는 블링크로 갈 겁니다. 사장님 차 뒷좌석에 저와 이 아이가 탔다는 흔적조차 남기지 않을 테니 염려 마시죠."

"⋯⋯."

백원태가 할 말을 잃었다.

곧 그가 폰을 들며 말했다.

"그럼 우리 쪽 병원으로 보내도록 하겠습니다."

"병원요? 별장 같은 데가 아니라?"

"누군가를 숨겨놔야 하면 별장은 전혀 좋은 선택지가 아닙니다. 사람 없던 집에 들락날락거리면 눈에 띄잖습니까."

"아⋯⋯."

"병원 VIP실을 쓸 겁니다. 거기면 밖으로 나올 필요도 없고, 그쪽에는 입이 무거운 사람들이 많으니까요."

백원태는 비서실장에게 전화해서 일 처리를 지시하고는 용우의 집을 나섰다.

그가 운전석에 앉아서 라이트를 깜빡거리고 나서 잠시 후.

"가시죠."

뒷좌석에서 용우의 목소리가 들려왔다.

하지만 용우와 팬텀의 실험체 소녀의 모습은 보이지 않았다. 은신 스펠로 철저하게 모습을 감추고 있는 것이다.

"일 처리가 확실해서 든든하긴 한데⋯ 좀 오싹하군요, 용우 씨."

"은신 믿고 설치다가 CCTV에 걸린 적이 있어서요. 게다가 사고 터지면 온갖 감지 방식으로 은신도 파악하잖습니까? 요즘은 어디에나 누군가의 눈이 있는 시대니까 조심해서 나쁠 것 없죠."

"동감입니다."

백원태는 마포구에 있는 크로노스 그룹 산하의 병원으로 차를 몰았다.

가는 도중에 그가 물었다.

"그런데 그 아이는 재워둔 겁니까, 아니면 깨어나지 못한 겁니까?"

"깨어나지 못한 겁니다. 구해냈을 때 잠깐 눈을 떴었는데 몇 마디 나누지도 못하고 다시 혼절하더군요."

치료 스펠을 써봤지만 그걸로 회복될 수 있는 상태가 아니었다.

충분한 휴식과 영양 공급이 필요하다. 그것은 용우가 해줄 수 있는 일이 아니었다.

"팬텀을 만든 것이 고스트라면… 그들의 목적은 무엇일 거 같습니까?"

백원태는 용우가 겪은 일들을 듣고는 큰 충격을 받았다.

각성자의 시체에 빙의해서 출현하는 정체불명의 초인들, 고스트.

그들의 존재는 불길하고 꺼림칙하지만 동시에 믿음직하기도 했다.

그들이 없었다면 인류 문명은 이미 파멸했을 테니까.

그런데 인류를 지켜왔다고 믿어온 그들이 마약을 퍼뜨리고 인체 실험을 하는 악랄한 짓을 하고 있었다니…….

"놈들은 아마도 인공적으로 각성자를 만들려는 게 아닌가 싶습니다."

용우는 촉진으로 팬텀의 실험체 소녀를 조사해 보고는 경악을 금치 못했다.

그녀는 마력 기관을 갖고 있었다.

팬텀의 아지트에서 싸웠던 흑인 청년과는 달리 온전한 마력 기관을 말이다.

"고스트 짝퉁… 너무 없어 보이니까 고스트 레플리카라고 하죠. 어쨌든 그걸로 변한 그 흑인과의 공통점은 뇌와 심장에 마력이 응축되어 있다는 겁니다."

이 소녀는 마력 기관을 가졌을 뿐만 아니라 뇌와 심장에 마력이 응축되어 있기까지 했다.

백원태의 표정이 굳었다.

"그건… 놀라운 일이군요."

정말 놀라운 일이었다.

용우의 말대로라면 팬텀은 이미 인공적으로 각성자를 만들어내는 데 성공한 것 아닌가?

"인공적으로 각성자를 만든다라……."

아마도 팬텀만이 그런 짓을 하는 것은 아니리라. 세계 곳곳에서 벌어지고 있을 것이다.

"실제로 그런 소문은 많죠. 용우 씨에 대해서도 그렇습니다."

"저에 대해서요?"

"예, 제로의 정체에 대해서 온갖 추측이 난무하고 있고 그중에는 당신이 러시아나 중국 7국 쪽에서 비밀리에 진행해 온 슈퍼솔저 프로젝트의 결과물이라는 이야기도 있습니다."

용우는 어처구니없어하며 물었다.

"실제로 그런 실험이 이뤄지고 있습니까?"

"팬텀만이 아니라 범죄 조직들 중에서는 기업이나 국가의 협조를 받아서 그런 실험을 하는 놈들이 꽤 있습니다. 그리고 국가에서 그런 실험을 하는 것도… 솔직히 충분히 있을 법한 일이라고 봅니다."

과거의 인류 역사만 뒤져봐도 알 수 있는 일이 아닌가.

비록 제대로 된 결과물이 나온 적은 없어서 픽션의 소재로만 사용되었지만, 지금은 픽션이 현실이 된 시대다.

세계는 20년 전하고만 비교해도 훨씬 더 막장이었고, 인권의 사각지대는 당시보다 압도적으로 커져 있었다.

무엇보다 초인이 실존하며, 그들에 의해 세계가 지켜지고 있는 시대다. 권력자들이 실존하는 초인의 힘을 갈구하는 것은 너무나도 당연한 일 아니겠는가?

"이 소녀는 역시 나라 쪽에는 안 알리는 게 좋을 수도 있습니다. 용우 씨에 버금가는 폭탄이 될 겁니다."

"본인과 이야기를 해봐야겠죠. 조사도 해봐야겠고……."

그러는 동안 차가 목적지에 도착했다.

"다 왔군요."

백원태가 병원 주차장에 차를 대는 동안 용우가 말했다.

"여기 혹시 은신을 간파할 수 있는 센서가 있습니까?"

"VIP 구역에는 있습니다."

은신은 어디까지나 광학적으로 모습을 감출 뿐이다.

은신을 이용한 범죄 사례가 나타나게 되자 인류는 편집증적으로 은신을 포착할 수 있는 시큐리티 시스템을 발전시켰다.

"사장님, 잠시 손을 잡아주시겠습니까?"

백원태는 곧 보이지 않는 용우의 손이 자기 손에 포개어지는 것을 느꼈다. 그리고 뭔가 따끈따끈한 감각이 손바닥 안으로 스며들었다.

"그대로 병실로 가주세요."

"혹시 나를 표적으로 공간 이동할 수 있는 겁니까?"

"예."

"정말 무섭군요. 용우 씨의 능력이 다 알려지면 아마 각성자에 대한 대응 체계가 전부 수정될 겁니다."

"지금부터 수정하는 게 좋을지도 모릅니다. 고스트들과 적대한다면……."

용우의 말에 백원태는 오싹해졌다.

'고스트와 적대한다?'

과연 그것이 가능한 일일까?

백원태는 고스트의 힘을 누구보다도 잘 안다. 전장에 홀연히 출연해서 재앙을 막아온 그들은, 7세대 헌터들이 합류한 지금도 범접할 수 없는 힘을 갖고 있었다.

'단순히 전력으로만 비교하면… 승산이 없다. 지구상의 그 누구라 해도.'

백원태가 한국 최고라고 자부하는 팀 크로노스 1부대의 헌터들이라고 해도 마찬가지다.

그리고 0세대 각성자인 용우라고 해도…….

'하.'

문득 백원태는 한 가지 사실을 깨달았다.

'용우 씨라면…….'

다른 사람은 몰라도 용우라면 할 수 있을 것이다.

그렇게 믿는, 아니, 믿고 싶어지는 자신을 발견했기 때문이다.

'승산이 희박한 베팅이 될지도 모르지.'

하지만 그래도 백원태는 기꺼이 용우를 믿고 올인할 수 있을 것 같았다.

"용우 씨."

"예."

"조심하십시오."

"……."

"당신은 분명 우리의 상식으로 잴 수 없는 잠재력을 가졌지만 아직 완성되지 않았습니다. 아니, 아직 회복되지 않았다는 표현이 맞을지도 모르겠군요."

초창기부터 누구보다도 가까이서 용우의 변화를 지켜봐 온 백원태이기에 할 수 있는 조언이었다.

"그래도 지금의 용우 씨는 아직 고스트를 능가하지 못했습니다."

그의 조언을 진지하게 받아들인 용우가 입을 열었다.

"만약 제가 고스트의 정체를 알아낸다면, 어떻게 하시겠습니까?"

"알아낼 방법이 있습니까?"

백원태가 놀라서 묻자 용우가 고개를 끄덕였다.

"예."

"부디 그때는 혼자 처리하지 말고 내게도 상의해 주세요. 부탁입니다."

용우는 가만히 백원태를 바라보았다.

밤이라서 선글라스를 쓰지 않은 그의 눈에서 용우는 뜨거운 신뢰를 느낄 수 있었다.

어비스에서는, 아니, 지금까지 살아오면서 단 한 번도 받아본 적 없는 신뢰의 눈빛이었다.

그 사실에 왠지 가슴이 뜨거워져서, 용우는 고개를 끄덕였다.

"알겠습니다."

*　　　　*　　　　*

다음 날, 용우는 권희수 박사의 호출로 한국 게이트 재해 연구소로 향했다.

멍한 표정을 짓고 있던 권희수 박사가 용우를 보자마자 활짝 웃었다.

"오라 가라 해서 미안해요. 연구소 아니면 이야기하기가 애매해서."

"괜찮습니다. 일이니까요."

용우가 이곳에 오는 것은 공짜로 이뤄지지 않는다.

그렇다고 매번 어비스 과금으로 불러들이는 것은 아니었다.

김은혜는 이 문제에 대해서 헌터 관리부에서 전권을 위임받고 용우와 새로운 옵션을 협상했던 것이다.

'유능한 여자야.'

첫 만남은 최악이었지만 용우는 김은혜의 수완이 마음에 들었다. 중개인으로 삼은 보람이 있는 인재다.

협상 결과, 용우는 어비스 과금보다는 훨씬 저렴하지만 일반적인 자문역보다는 월등히 비싼 수당을 받게 되었다.

권희수 박사가 물었다.

"팬텀 검거 작전에 대해서, 현장에서의 경험담과 견해를 듣고 싶어요."

용우는 인천항에서 이루어진 팬텀 검거 작전에 대한 보고서를 작성하지 않았다.

경찰 측에서는 현장에서의 작전 데이터에 기반해서 보고서를 작성했고, 그 과정에서 용우에게는 몇 가지 질문을 하고 답변을 받았을 뿐이다.

막강한 권력을 배경으로 둔 권희수 박사는 경찰 측의 보고서도 당일에 입수해서 볼 수 있었다. 하지만 그녀 입장에서는 너무 빠진 것이 많아서 용우에게 와달라고 한 것이다.

용우가 물었다.

"조직원들에 대한 조사는 어떻게 됐습니까?"

"한창 진행 중이에요. 이미 몇 가지 특이한 데이터가 나와 있고요."

현장에서 죽은 자들의 시체를 부검하고, 검거한 이들을 의학적으로 정밀 진단하는 것만으로도 수많은 데이터를 얻을 수 있다. 그 작업은 한창 진행 중이었다.

"부검 결과는 좀 더 기다려 봐야 나오겠지만, 지금 검거된 조직원들의 진단 결과는 일반적인 아니마 중독자들과는 좀 다르게 나오고 있어요."

개인별 격차가 크긴 하지만 뇌와 심장에 마력이 응축된 것이 발견되고 있었다.

"중독자들도 비슷한 증상이 발견되지만, 이자들은 심한 중독 증상에 시달리는 것 같지도 않고 체내의 마력 분포가 훨씬 안정적이에요."

"특이체질이라는 겁니까?"

용우의 질문에 권희수가 고개를 젓더니 오른손을 들어서 V 자를 그렸다.

용우가 대체 뭔가 싶어서 바라보고 있자니 그녀가 헤죽 웃으며 말을 이었다.

"아뇨. 아니마가 2종류 이상이었어요."

"……."

2종류라는 뜻으로 V 자를 그린 건가? 여전히 행동이 좀 엉뚱한 사람이었다.

"시중에 유통시키는 아니마와 팬텀 조직원들이 쓰는 아니마가 다른 것이다?"

"네. 이건 전부터 나온 이야기이긴 하지만요."

한국에서 팬텀 조직원이 검거된 것은 이번이 최초다.

하지만 국제적으로는 몇 건의 사례가 있고, 한국 쪽에도 정보가 약간은 공유되었던 것이다.

"둘 다 마약이라는 점은 똑같지만 중독성이나 효과 면에서는 큰 차이가 있을 가능성이 커요. 이번에 조직원들을 검거하면서 그들이 품에 갖고 있던 샘플도 입수됐으니 며칠 안에 분석 결과가 나올 거고요."

권희수는 그 사실이 기쁜지 히죽 웃고 있었다.

"제로, 당신이 봤을 땐 어떤가요?"

"아니마가 2종류라는 건 몰랐지만… 놈들은 별로 중독자처럼 보이지 않기는 했습니다. 그리고 몇몇 놈들은 뇌와 심장이 거의 마력 기관화되어 있었죠."

용우는 자신이 확보한 팬텀의 실험체 소녀에 대한 것은 이야기하지 않았다.

권희수 박사가 물었다.

"그 하얀 갑옷은요? 당신 혼자서 교전했다고 들었어요."

"……."

용우는 곧바로 대답하지 않았다.

하지만 망설이거나 고민한 것은 아니었다. 권희수를 보는 용우의 눈빛은 그녀에게 먼저 알고 있는 것을 말해보라고 하고 있었다.

결국 권희수가 어깨를 으쓱하고는 이야기를 시작했다.

"한 가지 보여줄 게 있어요."

권희수는 연구실의 디스플레이를 켜고 동영상을 재생시켰다.

"이건?"

"재해 지역을 정찰하는 드론이 포착한 영상이에요."

몬스터들에게 점령당한 재해 지역의 정찰은 꾸준히, 다각도에서 이루어지고 있다.

인류의 손이 안 닿는 곳이기 때문이다.

그곳에서 출현한 게이트가 게이트 브레이크를 일으켜도 손쓸 방법이 없으니 계속해서 몬스터가 늘어난다.

계속 상황을 파악하고 있다가 적당한 시점에 무차별 폭격을 가하거나, 위험을 감수하고 외곽 지대에 헌터들을 투입해서 몬스터들을 제거하지 않으면 재해 지역의 확장이라는 최악의 사태를 맞이하게 될 수도 있었다.

"당신이 싸운 하얀 갑옷은 세계 곳곳의 재해 지역에서 출현하고 있었어요."

하얀 갑옷이 재해 지역에서 몬스터와 싸우는 영상이 여럿 있었다.

"가장 처음에 포착된 영상은 1년 반 전. 퍼스트 카타스트로피 때부터 활동한 고스트보다는 역사가 훨씬 짧죠. 지금까지 파악된 바로는 그 어떤 각성자보다도 다양한 스펠을 쓰고, 들고 있는 무기에 따라서 특화된 영역이 다른데……."

고스트들의 무기, 그리고 아티팩트와 무기의 종류와 특화 영역이 동일했다.

"다만 마력은 고스트와 비교할 바는 아닌 것 같아요. 고스트는 단독으로 7등급 몬스터를 때려잡고, 그 무기로 인해 증폭된 순간 출력은 8등급 몬스터 수준이라……."

그에 비해 하얀 갑옷은 기본적으로 페이즈12~13 정도에 무기의 힘으로 순간 출력이 크게 증폭되는 것에 그친다.

"페이즈13이라……."

"공식 데이터상으로는 인류 최고치를 넘는 거지만… 그래봤자 4등급 몬스터 수준이라는 건 똑같죠."

권희수 박사가 어깨를 으쓱했다.

"어쨌든 팬텀과 연결되어 있다는 건 이번에 처음 밝혀진 정보예요."

권희수 박사는 영상을 끄고 말을 이었다.

"각성자를 인공적으로 만들기 위한 시도는 꽤 많이 이뤄지고 있어요. 팬텀은 가장 그 목적에 가까이 다가간 조직이고, 그럴 수 있었던 것이 배후에 고스트가 있었기 때문이라면 그건 납득이 가는 부분이죠."

고스트는 어떤 식으로든 이 모든 일의 원인과 깊은 연관이 있을 것이다.

권희수 박사만이 아니라 고스트에 대해서 아는 사람들은 모두 그렇게 생각하고 있었다.

"하지만 아니마가 2종류인 건 좀 이상해요."

"어째서입니까?"

"중독성 없이 안정적으로 각성자… 까지는 아니더라도 마력 보유자를 만들어낼 수 있는 약을 만들어냈는데 왜 굳이 마약을 뿌리고 있는지 이해가 안 되지 않아요?"

"자금 조달 문제일 가능성은?"

"전문가들이 그러는데 팬텀은 별로 수익성을 신경 쓰는 조직이 아니래요. 마약 팔아서 조직을 운영하는 게 아니라 스폰서가 따로 있는 것 같다네요. 그리고 이 경우 스폰서를 딱 어디라고 특정 지을 수 없을 정도로 후보가 많다고 하고."

"흠……."

"그리고 여기서부터는 제 가설인데… 2가지 아니마는 각기 다른 목적성을 가진 별개의 약이라고 봐요."

조직원들에게 주어지는 아니마는 일종의 각성제 같은 역할을 할 것이다.

물론 그 또한 마약 성분이기는 하지만 처음부터 용도가 다르게 제조된 것이다.

"시중에 퍼뜨리는 아니마는 불특정 다수에 퍼뜨려서 데이터를 얻고자 하는 목적이라고 생각해요."

"데이터를?"

"그들의 연구가 완전하지 않다는 건 쉽게 파악할 수 있는 사실이죠. 어디까지나 진행형이에요. 그리고 아마도 비밀 실험실에서, 제한된 규모로 인체 실험을 하는 것만으로는 그만한 성과를 얻을 수 없었던 것이 아닐까……."

그 말을 듣고 잠시 생각해 본 용우가 이견을 제시했다.

"하지만 마약을 퍼뜨린다 한들 중독자들의 데이터를 다 수집할 수 있는 것도 아니지 않습니까?"

"맞아요. 그러니까 일종의 특이체질을 찾는 게 아닐까요?"

"특이체질이라면……."

"그들에게는 일반적인 중독자와 특이체질 중독자를 골라내는 방법이 있는 거죠. 우리가 알 수 없는 기술로."

애당초 고스트는 인류가 이해할 수 없는 존재다. 그들은 명백히 인류가 구축한 과학기술을 웃도는 영역에 자리 잡고 있다.

"실험용으로 유의미한, 연구 표본이 될 수 있는 특이체질의 소유자를 찾아내는 것이 목적이라면 어떨까요?"

"…상당히 그럴듯하게 들리는군요."

용우는 그녀의 가설에서 상당한 설득력을 느꼈다.

인공적으로 각성자를 만들어내는 일은 제한된 소수의 인간들만을 대상으로 실험해서 성공할 수 있는 일이 아닐 것이다.

만약 그랬다면 이미 성공 사례가 나왔을 테니까.

"박사님의 가설이 맞는다고 가정하면, 그들이 찾는 특이체질도 한 종류가 아닐 겁니다."

"인공적으로 각성자가 될 수 있는 가능성을 가진 인간과 당신이 싸운 하얀 갑옷이 될 수 있는 인간?"

"일단은. 그 외에도 뭔가 더 있을 수도 있겠죠."

용우가 고개를 끄덕이고는 말했다.

"놈들을 조사한 결과와 약에 대한 분석 데이터가 나오면 남김없이 알려주십시오."

"거래겠죠?"

"예."

"좋아요. 딜!"

권희수 박사가 손바닥을 내밀었다.

용우가 멀뚱멀뚱 보고 있자 시무룩해져서 손을 내린다.

그제야 용우는 그녀가 하이파이브를 원했음을 깨달았다.

'아니, 대체 왜?'

알면 알수록 엉뚱한 사람이었다.

어쨌든 용우는 하얀 갑옷에 대한 정보를 말해주었다.

"그리고 그 하얀 갑옷은 아티팩트 레플리카를 갖고 있었습니다."

아티팩트 빙설의 창의 마이너 카피 버전처럼 보이는 창을 썼다는 사실을 알려주자 권희수 박사가 흥분했다.

"굉장해! 혹시 샘플 구했어요?"

"그놈이 자폭해 버려서요. 다시 들어가 보니 갑옷 파편 하나 안 남기고 깨끗하게 사라졌더군요."

"아아아……."

권희수가 실망으로 어깨를 축 늘어뜨렸다.

곧 그녀가 눈을 부릅뜨고 용우에게 말했다.

"혹시라도 샘플을 확보하면 꼭 가져와 주세요. 그리고 그 아티팩트의 마이너 카피를 통째로 확보한다면, 그건 제가 살게요. 엄청 비싸게 살 거니까 꼭 저한테 가져와요."

"……."

"저 돈 많아요, 엄청. 그리고 제 개인 자산으로 못 사면 국가 예산을 땡겨서라도 살 거니까!"

"…아, 네. 그러죠."

그녀의 활활 타오르는 시선을 받은 용우는 떨떠름하게 고개를 끄덕일 수밖에 없었다.

2

그리고 그날 저녁, 용우는 백원태의 연락을 받았다.

[그녀가 깨어났습니다.]

"잘됐군요."

[문제가 하나 있는데… 눈을 뜨자마자 병원 사람들을 접근조차 못 하게 하고 있습니다. 잘못 건드렸다가는 사고가 날 것 같은 상황이라 어쩔 수 없이 연락한 겁니다.]

"제가 곧 가겠습니다. 그렇게 전해주세요."

용우는 전화를 끊자마자 텔레포트를 써서 병원에 도착했다.

곧바로 VIP 구역으로 간 용우는 백원태를 발견하고 물었다.

"상황이 어떻습니까?"

"여전합니다. 아무도 접근 못 하고 있어요."

용우는 실험체 소녀가 있는 VIP 병실 문을 열었다.

혼자 입원해 있기에는 꽤 넓은 병실이었다. 내부 인테리어도 병원이라기보다는 호텔을 연상시키는 편안하고 고급스러운 공간이다.

그곳에 한 소녀가 있었다.

참으로 안쓰러운 모습을 한 소녀였다.

몸도, 팔다리도 앙상하게 말랐고 얼굴도 가죽만 남은 것 같다. 눈 밑에 자리 잡은 짙은 다크서클이 인상을 더욱 피폐하게 만드는 데 일조했다.

당장에라도 쓰러질 것 같은 위태로운 모습 속에서, 오로지 그녀의 눈만이 강렬했다.

마치 타오르는 불꽃처럼 강렬한 빛을 품은 눈동자가 용우를 노려보고 있었다.

용우가 물었다.

"그쪽으로 가도 될까?"

"……."

소녀는 곧바로 대답하지 않았다. 한참 동안이나 탐색하듯이 용우를 바라보다가 천천히 고개를 끄덕였다.

용우는 그녀를 자극하지 않도록 천천히 다가가서는 침대 옆의 의자에 앉았다.

"믿어줄지 모르겠는데… 내가 팬텀에서 너를 구해서 여기로 데려왔어."

"믿어요."

용우가 말하자마자 그녀가 고개를 끄덕였다. 용우는 좀 당혹감을 느꼈다.

소녀가 말했다.

"느낌이 같으니까."

"느낌?"

용우가 의아해했지만 소녀는 고개만 끄덕일 뿐, 설명해 줄 의지가 없어 보였다.

용우는 포기하고 말을 이었다.

"여기는 내가 신뢰하는 사람이 준비해 준 곳이야. 안심해도 돼."

"…여긴 어디죠?"

그녀는 말하는 것만으로도 힘들어 보였다.

"병원이야."

"병원……."

"일단 너를 숨겨야 한다고 판단해서 여기로 데려왔어. 네 몸은 치료가 필요해 보이기도 했고."

그 말에 그녀가 반사적으로 자신의 팔을 바라보았다. 정말로 뼈만 남은 앙상한 팔이었다.

용우가 말했다.

"난 서용우라고 해. 프리랜서 헌터로 일하고 있지."

"전… 리길순이에요."

"……"

용우는 갑자기 머나먼 과거로 돌아간 것 같은 이름에 할 말을 잃었다.

그러나 곧 지금 한국 사회에는 의외로 이런 이름이 흔하다는 사실을 떠올렸다.

'북한 난민인가?'

그러고 보면 표준어를 쓰고 있기는 하지만 발음에 약간 사투리의 흔적이 보이기는 했다. 그게 북한 사투리일 거라고는 용우가 생각 못 했을 뿐.

북한 난민들이 한국 사회에 편입된 지 이제 고작 13년이 지났을 뿐이다.

남한인과 북한 난민의 사고방식 차이 때문에 한국 사회에는 갈등과 사고가 끊이지 않았다.

게다가 북한 난민들은 대부분 출신과 학력의 한계로 한국 사회에서 제대로 된 일자리를 구하지 못한다.

그렇기에 그들 중에는 정부의 지원금으로 살아가는 빈민층의 비율이 높았고, 고소득층이라고 할 수 있는 인물들은 거의 헌터들이었다.

북한에서 군 경험을 한 자들이나 신체 건강한 이들은 일반인 헌터가 되어서 목숨 걸고 싸우는 것으로 높은 소득을 올렸기에 헌터 업계에는 북한 출신자가 상당히 많았다.

"어쩌다가 팬텀한테 붙잡힌 건지 말해줄 수 있을까?"

"그건… 모, 목소리……."

"목소리?"

"아."

말을 더듬던 리길순이 갑자기 비틀거렸다.

드드드드드!

동시에 그녀의 몸에서 강렬한 마력 파동이 쏟아져 나오며 주변이 흔들렸다. 격해진 감정에 반응한 것이다.

"미안하다. 지금은 생각하지 마. 내가 너무 성급했군."

용우는 그녀를 붙잡고 마력 파동을 진정시켰다.

—평온의 숨결.

그리고 정신을 안정시키는 효과가 있는 스펠을 썼다. 용우에게서 따스한 빛이 흘러 들어가자 리길순의 상태가 빠르게 진정되었다.

'물어보고 싶은 거야 많지만… 일단은 기다리는 수밖에.'

리길순에게 듣고 싶은 것이 한둘이 아니다.

하지만 육체적으로 쇠약해진 그녀에게 끔찍한 기억을 되새기라고 하는 것은 학대였다.

"으……."

심호흡을 하며 안정을 되찾는 리길순의 반응은 좀 특이했다.

그녀는 화가 난 것 같았다. 용우가 원하는 대답을 해주지 못한다는 것에.

'의지가 강한 건가, 아니면 망가져 버린 자의 광기인가.'

용우는 리길순이 어느 쪽인지 알 수 없었다. 그리고 그 둘의 경계는 굉장히 애매해서, 사실은 누구도 구분할 수 없을지도 모른다.

한참 동안 심호흡을 하던 리길순이 물었다.

"한 가지만 말해주세요."

"뭐든지."

"어떻게 제 머릿속을 조용하게 만드셨나요?"

그녀의 머릿속에는 마치 라디오 채널이 생겨난 듯 끊임없이 속삭이는 목소리들이 있었다.

때로는 함께 떠들었고, 때로는 혼자 떠드는 그 목소리들은 두서없었다.

리길순이 경험한 일과 생각을 마치 다 봤다는 것처럼 떠들어대는가 하면, 전혀 모르는 이야기를 떠들어댈 때도 있었다.

"…전 제가 미쳤다고 생각했어요."

정신질환의 일종이라고밖에 볼 수 없는 증상이 아닌가?

"눈을 뜨고 있을 때면 한순간도 그 목소리로부터 자유로워 본 적이 없어요."

그래서 매일 잠들 때마다, 혹은 실험 때 마취를 당해서 의식을 잃을 때마다 수도 없이 바랐다.

이대로 잠들어서 다시는 깨어나지 말았으면 하고.

"그런데… 지금은 조용해요. 어떻게 하신 거죠?"

"텔레파시를 끊었어. 아니, 정확히는 '껐다'고 해야 할까……."

"텔레파시요?"

"네 머릿속에 들리는 목소리는 일종의 텔레파시 채널이 연결되어서 들리는 거야. 네가 표현한 대로 머릿속에 라디오 채널이 형성된 셈이지."

리길순에게는 특정한 텔레파시를 항시 수신할 수 있는 능력이 있었다. 아마도 팬텀의 실험으로 깨어난 능력이리라.

"너는 On/Off 스위치가 없어서 강제로 그 목소리를 들을 수밖에 없었던 거지. 그래서 내가 임시로 차단 기능이 달린 스위치를 만들어서 넣은 거야."

그 말에 리길순이 눈을 껌뻑거렸다.

"그렇게 간단한 거였어요?"

"요약하니까 간단해 보일 뿐이고, 사실 간단하진 않아."

용우는 길순을 촉진해서 체내 상태를 정밀진단하고, 텔레파시를 수신하는 포인트를 찾아내서 정신파 차단 스펠을 썼다.

이것은 의사가 첨단 도구를 갖고 수술을 하는 것과도 비슷한 과정이었다. 어비스에서의 경험으로 얻은 지식과 기술, 그리고 무엇보다 거기에 대응하는 스펠이 없었다면 불가능했을 것이다.

'귀신 들림 현상을 겪어본 적이 없었다면 나도 뭐가 문젠지 몰랐겠지.'

어비스에서 언데드들을 적으로 맞이했을 때, 그들 중에는 텔레파시 그 자체를 무기로 쓰는 놈들이 있었다.

휴식을 하지 못하도록 강제적으로 텔레파시를 연결해서 귀신 들림 현상을 일으키거나, 아예 정신 지배를 노리는 경우도 있었다.

'여기서도 언젠가는 일어날 일이라고 생각했지만, 이런 식일 줄은 몰랐군. 이거 나 말고 대응할 수 있는 사람이 있을까?'

용우는 지속성을 지닌 정신파 차단 스펠을 쓸 수 있는 각성자가 자신 말고 또 있을지에 대해서 회의적이었다.

"말이 나온 김에 너한테 만들어둔 스위치를 갱신하고 싶은데 잠깐 고개를 숙여줄 수 있을까?"

용우는 길순의 목을 잡고 섬세한 마력 컨트롤로 정신파 차단 스펠을 갱신했다.

'처음 설치 시의 시각부터 지금까지 대략… 37시간 정도? 그런데 소모도가 이 정도면 80시간 이상은 유지된다고 봐도 되겠군.'

즉, 최소한 80시간에 한 번씩은 용우가 그녀와 접촉해서 갱신해 줘야 된다는 뜻이다.

'골치 아픈데.'

80시간이 길어 보이지만 그래봤자 사흘 좀 넘는 시간이다.

만약 용우에게 급한 용건이 생겨서 장시간 자리를 비우게 된다면?

'이 아이에게 대응 스펠을 준다고 하더라도 요령을 터득하려면 시간이 필요하겠지. 스스로 할 수 있게 된다 해도 철저하게 잘하는지 검사해 줄 사람이 필요하고. 그리고 나 말고 이 역할을 대행할 수 있는 사람도 없다.'

용우는 잠시 리길순에게 양해를 구하고 백원태에게 상담했다.

"혹시 텔레파시를 막을 수 있는 수단이 있습니까?"

"없습니다. 현존하는 기술로는 불가능해요."

"혹시 공표되지 않은 기술 중에 그런 게 없나 했는데… 없나 보군요."

용우는 한숨을 쉬고는 말했다.

"저 애, 우리 집에서 돌보겠습니다. 일단 본인 의사를 물어보긴 해야겠습니다만……."

"음? 숨겨야 한다고 하지 않았습니까?"

"물리적으로 감추는 것만으로는 의미가 없습니다."

용우가 리길순을 곁에 둬야 하는 이유를 설명하자 백원태도 납득했다.

"그럼 위장 신분이 필요하겠군요."

"부탁드려도 되겠습니까?"

"최대한 빠르게 처리하겠습니다. 그리고 나도 하나 부탁이 있습니다."

"말씀하시죠."

"말 나온 김에 우리 그룹에서 텔레파시 차단 기술을 만드는 데 협력해 주십시오."

백원태는 용우에게 언데드에 대해서 들은 바 있었다.

하지만 그들이 텔레파시를 공격 수단으로 삼는다는 것은 방금 전의 설명으로 처음 알았다.

언데드는 아직까지 지구에 나타나지 않은 몬스터들이다. 그러나 앞으로도 나타나지 않을 거라는 보장은 없었다.

그들이 지구에 등장할 경우를 생각하면 최대한 빨리 대책을 마련해 둬야 한다.

"다른 텔레파시 스펠 보유자도 섭외해 보겠지만, 용우 씨만큼 연구에 도움이 되는 협력자가 되긴 어렵겠죠. 물론 공짜로 부려 먹지는……."

탁!

말이 끝나기도 전에, 용우가 아공간에 손을 쑥 집어넣더니 뭔가를 꺼내서 백원태에게 던져주었다.

주먹만 한 유리구슬처럼 보이는 물건이었다.

그 안쪽으로부터 녹색의 기운이 안개처럼 꿈틀거리면서 안과 밖을 넘나든다.

"텔레파시 스펠 스톤입니다. 쓰세요."

"……."

"사장님이 써도 되고, 믿을 만한 사람에게 줘도 됩니다."

"용우 씨, 참……."

백원태는 기가 질린 얼굴로 말했다.

"아주 자연스럽게 폭탄 같은 선물을 주는군요."

"나중에 그만큼 뜯어낼 겁니다."

용우가 씩 웃었다.

천문학적인 연구 비용이 들어갈 일을 크로노스 그룹이 해준다고 하면 용우로서는 환영할 일이었다.

*   *   *

리길순은 당분간은 병원 VIP실에 있기로 했다. 영양실조가 심각한 데다 다른 이상은 없는지 정밀진단이 필요했기 때문이다.

용우는 리길순에게 앞으로 어떻게 하고 싶은지를 물어보았다.

그녀는 용우가 말하는 지침들을 반발 없이 수긍했다.

당분간 숨어 있어야 한다는 것도, 리길순이 아닌 다른 신분으로 살아가야 한다는 것도.

"만약 이름을 제가 정할 수 있다면… 성은 그대로였으면 좋겠어요. 이름은 리사로 하고 싶어요."

성은 '리'에 이름 '사'라니, 한국인 이름치고는 참 특이하지만 발음만 보면 그렇지도 않았다.

용우가 실종되기 전부터 이미 그런 면이 있었지만 2028년의 한국에는 한국적인 성씨와 서구적인 이름의 조합이 그리 드문 일이 아니었으니까.

"리사? 알겠어. 그렇게 해줄 수 있는지 물어볼게. 하지만 위조 신분이 어떻게 만들어지는지 나도 몰라서 장담은 못 해."

그러자 리길순이 멀뚱멀뚱 그를 바라보았다. 용우가 의아해하며 물었다.

"왜?"

"이유, 안 물어보시나요?"

"말하고 싶다면 들어줄게. 하지만 말하고 싶지 않으면 말하지 않아도 돼."

자칫 건성으로 들릴 수 있는 말이었지만 길순은 상처받지 않았다. 용우의 표정이 진지했기 때문이다.

길순은 시선을 내리며 말했다.

"…외국인 같은 이름을 갖고 싶었어요."

"외국인?"

"어렸을 적에 남한으로 와서… 이름 때문에 놀림을 많이 받았거든요."

그래서 그녀는 자신의 이름을 싫어했다. 소중하게 생각한 적도 없었고, 좋은 추억이라고는 하나도 없었다.

"그렇군. 최대한 힘써볼게."

용우는 거기에 대해서 개인적인 감상을 말하지 않았다. 그것이 리길순에게 묘한 기분을 느끼게 했다.

"그리고… 제 가족을 찾거나 하실 필요는 없어요. 두 번 다시 만나지 못해도 괜찮아요."

"……"

용우는 잠시 말없이 리길순을 바라보았다.

지금까지의 삶을 버리고 하나부터 열까지 다른 누군가가 되는 길이다. 쉽게 받아들일 수 있을 리가 없다.

그런데 길순은 오히려 그 선택지를 반기는 것처럼 보였다. 팬텀에게서 도망쳐야 한다는 두려움과는 다른 동기가 있는 것 같았다.

하지만 용우는 결국 그녀의 사연을 캐묻지 않았다.

타인의 사정에 무관심하기 때문이 아니다. 그저 어비스에서의 경험이 그가 호기심으로 행동하는 것을 막았다.

어비스에서는 서로의 사정을 캐묻지 않는 것이 암묵적인 룰이었다.

문명사회인 한국과 달리 그 룰을 어기면 서로 칼부림이 일어나도 이상하지 않았다.

용우는 그런 곳에서 3년을 보냈다. 그곳의 룰은 용우에게 있어서는 작은 사회의 규칙을 넘어서 삶의 방식이 되어 있었다.

"당분간은 아무 걱정 말고 푹 쉬어. 필요한 거 있으면 말하면 어지간한 건 다 들어줄 거야. 나도 사흘에 한 번은 찾아올 거고."

그리고 용우가 떠나고 나자 길순은 링거를 맞으면서 죽은 듯이 잠들었다.

팬텀에 납치당한 후로는 처음으로, 약 없이도 잠들 수 있었던 날이었다.

Chapter19

성좌의 대적자

1

　작년에 데뷔한 이후 용우는 한 달에 1, 2회 정도의 페이스로 게이트 제압 작전에 참가하고 있었다.

　한국 헌터 업계 기준으로는 일반적인 페이스였다.

　목숨 걸고 게이트에 돌입해서 몬스터와 싸우는 전투 스트레스는 가볍게 여길 것이 아니기에 헌터 관리부는 각 헌터 팀들에게 되도록 많은 휴식 시간을 보장하고 있었다.

　"어서 오세요, 게으른 천재."

　유현애의 인사를 받은 용우의 표정이 일그러졌다.

　"그건 무슨 헛소리야?"

　"요즘 SNS나 인터넷 헌터 커뮤니티에서 아저씨 부르는 별명이 그거예요."

　"응?"

"아저씨가 올해 전투 참가를 두 번밖에 안 했잖아요. 그래서 게으르다는 소리를 듣고 있어요."

"……."

그러고 보니 그랬다.

벌써 6월 초인데 배틀 힐러 서용우 신분으로 수행한 전투는 아직 2회뿐이었고 이번이 3회째였다.

인터넷에서는 지윤호의 뒤를 잇는 차세대 배틀 힐러가 헌터로서의 의무를 방기하고 있다는 비난 여론이 일고 있었다.

지금까지 배틀 힐러 서용우로서 참가한 전투에서 신인이라고 믿을 수 없을 정도로 뛰어났다는 평가를 받았기에 더 그랬다.

물론 용우 입장에서는 억울한 일이다. 실제로는 50미터 제압 작전 같은 굵직한 작전을 포함해서 꾸준히 전투를 치러왔으니까.

하지만 제로의 정체를 밝힐 수 없는 이상 세상에서 용우를 보는 시각은 좋지 않을 수밖에 없었다.

"마음대로 떠들어대라고 해."

용우는 대수롭지 않게 넘겼다.

얼굴도 모르는 불특정 다수가 뭐라고 떠들어대든 상관없었다.

용우는 그 흔한 SNS 계정 하나 없는, 이 시대에는 상당히 희귀한 인간이었다.

"어쨌든 오늘 잘 부탁해요."

오늘 용우는 팀 반도호랑이의 의뢰를 받고 배틀 힐러 서용우로서 여기에 왔다.

팀 반도호랑이의 1부대는 1월에 지휘관 개체의 첫 출현으로 인해서 큰 타격을 입고 한동안 휴식에 들어갔다.

1부대의 역할이 크기에 팀 반도호랑이는 발 빠르게 리빌딩에 들어갔고, 2부대와 3부대의 베테랑 헌터들을 투입하는 것으로 일단 1부대를 정상화시켰다.

하지만 역시 사고 전과 비교하면 전력이 많이 약화되었다. 원래 다수의 부대를 돌리는 헌터 팀들은 어디나 1부대가 최고의 인원들을 모은 1군이고 나머지는 2군 역할을 하니 어쩔 수 없다.

2군 취급받는 부대들은 베테랑이라고 해도 헌터 업계의 최전선에서는 밀려난 헌터들의 자리인 것이다.

그것은 지극히 자연스러운 수순이다. 각성자들은 세대를 거듭할수록 강해지고 있으니까.

오래된 헌터들은 아무리 노련하고 뛰어나도 최전선에서 요구하는 전투 수행 능력을 따라갈 수 없게 된다. 그 요구치가 지속적으로 상승하기 때문이다.

업계의 전설로 불린 오성준이 은퇴한 것에서 알 수 있듯 정상급 헌터들조차도 남들보다 오래 버틸 뿐, 영원히 그 자리에 있을 수는 없었다.

팀 반도호랑이가 전력을 회복하는 것은 유현애를 비롯한 7세대 각성자들이 충분히 성장한 후, 아마도 올해 말이나 내년 초쯤이 되리라.

용우가 시큰둥하게 말했다.

"내가 활약할 일이 안 생기도록 잘해."

"아, 말 좀 예쁘게 해주면 안 돼요?"

"안 돼."

"까칠한 아저씨 같으니. 그나저나 차 샀어요?"

게이트가 출현한 곳은 도심 한복판이었다.

팀 반도호랑이의 헌터들은 헬기로 왔지만 용우는 혼자 검문을 지나서 게이트 근처까지 차를 몰고 왔다.

그의 에오제스 화이트울프의 매끈한 하얀 차체는 도로에 주차된 차들 사이에서 단연 돋보이는 존재감을 자랑하고 있었다.

"얼마 전에."

"저거 에오제스 화이트울프죠? 5억 넘는다던데."

"옵션 다 넣으니까 6억 8천만? 뭐, 그쯤 되던데?"

"……."

"너희 팀에도 비싼 차 타고 다니는 사람 많을 텐데. 너도 사려면 얼마든지 살 수 있잖아?"

지금의 헌터들은 벌이가 좋다. 하위권 팀의 헌터들이더라도 대기업 사원들 연봉을 훨씬 웃도는 수익을 올린다.

유현애도 연봉만 50억 원에 달한다. 매 작전 때마다 벌어들이는 인센티브까지 합치면 올해 총수익은 그 2배를 넘을 것이고, 내년에는 몸값이 더 오를 것이다.

"그렇기야 한데, 비싼 차 사야겠다고 생각해 본 적이 없어서요. 면허도 없고."

"하긴 팀의 매니저가 따라다니면서 일해주는데 차는 필요 없겠지."

"그래도 화이트울프 차주는 주변에 한 사람도 없어서 직접 보니까 신기하네요. 볼 때마다 생각하는 건데 이거 게이밍 마우스 같지 않아요?"

"……."

6억 8천만 원짜리 차를 순식간에 싸구려로 격하시키는 비유였다.

'젠장. 진짜로 그렇게 보이잖아.'

화이트 컬러에 검은 라인과 LED를 넣어서 빛이 나게 만든 게이밍 마우스라면 이미지가 좀 비슷할지도 모르겠다.

"작전 끝나고 나 한번 태워주면 안 돼요?"

"안 돼."

"짠돌이."

"여태 몰랐냐?"

용우와 유현애가 티격태격하고 있을 때 근육질의 여성 헌터 이미나가 다가와서 말했다.

"오랜만이에요. 오늘 잘 부탁합니다."

"예. 잘 부탁합니다."

용우와 악수를 나눈 그녀가 유현애에게 다가가서 귓속말로 물었다.

"저분이랑 다른 데서 만났어? 언제 그렇게 친해진 거야?"

그 말에 유현애가 뜨끔했다. 공식적으로 두 사람은 거의 접점이 없는 사이니까.

이미나는 딴에는 작게 속삭였지만 청각이 좋은 용우에게는 다 들렸다.

그래서 용우도 뜨끔하고 유현애가 어떻게 둘러댈지 귀를 기울였다.

"연구소에서 몇 번 만났어요. 저분도 권희수 박사님한테 불려가서……."

"그래? 여태 한 번도 말 안 했잖아."

"이야기하기도 좀 그래서……."

"그랬구나. 그럼 혹시 저분 요즘 활동 없었던 게 그쪽 일 때문이야?"

"아마도요?"

유현애는 자기도 잘 모르겠다는 듯 얼버무렸다.

권희수 박사와 관련된 일은 비밀 엄수 서약을 강요받는 경우가 많아서 핑곗거리로 삼기가 좋았다.

이미나도 대충 말할 수 없었다는 것으로 납득한 모양이었다. 그녀가 용우에게 말했다.

"가시죠."

곧 용우는 모두가 모여 있는 막사로 가서 팀원들과 간략하게 인사를 나누었다.

팀원들이 용우를 보는 시선은 미묘했다.

용우는 그들 중 상당수를 위기에서 구해준 바 있지만 그건 어디까지나 제로의 가면을 쓴 채로였다.

배틀 힐러 서용우는 그들 입장에서는 나이와 배경 때문에 대하기 짜증 나는 후배 헌터일 것이다.

'평판이 나쁘니 할 수 없지.'

배틀 힐러 서용우의 실력은 이미 업계에서도 인정받았다. 같이 뛰어본 헌터들은 용우에게 함부로 대하지 않는다.

하지만 업계의 전반적인 시각은 어떨까?

신인 주제에 배틀 힐러라는 특수성을 이용, 헌터 라이센스 시험을 치르지도 않고 헌터가 되었다.

헌터 팀에 소속되지 않고 백원태의 비호하에 프리랜서가 되어서 일을 까다롭게 고르며, 좀처럼 사냥에 나서지도 않는다.

'평판이 좋으면 이상하군.'

스스로가 처한 상황이 쉽게 납득이 간다.

이게 다 백원태 때문이었다.

'그 아저씨의 주책맞은 아이디어를 받아들이는 바람에 이런 꼴이 되다니……'

용우는 마음속으로 이런 상황을 기획한 백원태에게 소소한 저주의 말을 퍼부어주었다.

곧 브리핑을 마친 부대장이 말했다.

"팀 리빌딩 후로 지난번 임무를 잘 처리했지만, 이번에는 30미터급이다. 모두 긴장을 놓지 않도록."

팀 반도호랑이가 용우를 부른 이유가 바로 이것이었다.

사고를 당하기 전의 1부대라면 30미터급 게이트는 수월하게 처리할 수 있다.

하지만 지금의 1부대로는 좀 불안한 감이 있기에 용우를 고용해서 만약을 대비한 것이다.

"그럼 돌입한다."

분대장 이미나를 필두로 한 근접전투원들의 도입으로 30미터급 게이트 제압 작전이 시작되었다.

*　　　　　*　　　　　*

　30미터급 게이트에는 반드시 하나 이상의 5등급 몬스터가 존재한다.

　운이 나쁘다면 2마리일 수도 있다.

　그렇기에 정찰 단계에서는 5등급 몬스터의 수를 파악하는 것이 대단히 중요하다.

　이 과정에서 실수를 저지르면 작년에 용우가 구원하러 갔던 팀 블레이드 2부대 같은 상황에 빠지게 된다.

　그리고 이제는 그것만큼이나 중요성이 높은 문제가 또 있었다.

　"휴머노이드가 있으니 지휘관 개체가 출현할 가능성을 반으로 놓고 진행해야겠군."

　휴머노이드 타입의 3등급 몬스터, 트롤이 있었다.

　트롤은 2미터가 넘는 키를 가졌지만 몸은 비쩍 말랐고, 팔다리가 인간보다 훨씬 길며, 피부는 가만히 서 있으면 나무와 잘 분간이 안 가는 몬스터였다.

　심한 매부리코에 날카로운 이빨을 가졌으며 숲에서의 기동성과 전투 능력이 대단히 뛰어나다.

　"정찰하기는 편한 지형이군."

　게이트 안의 환경은 다양하다.

　이번에 그들을 기다리고 있었던 것은 평야지대였다.

　넓은 들판과 그 끄트머리로부터 이어지는 완만한 숲 지대.

　호수도 없고 험한 지형도 없기에 정찰은 빠르게 이루어졌다.

하지만 헌터들 입장에서 보면 좋은 지형이 아니다.

저격수가 자리 잡을 포인트도 마땅치 않고, 적들을 흩어놓고 하나하나 처리하기도 어렵다. 적들이 출입구 쪽에 구축한 진지를 노리기도 쉽다.

"화력으로 밀어야겠어. 문제는 5등급 몬스터가 무엇이냐인데……."

퍼어엉!

그때였다.

숲 쪽에서 정찰 임무를 수행하던 드론 한 대가 격추당해서 낙하했다.

"뭐야? 설마 악마숲인가?"

5등급 몬스터 중에 헌터들이 상대하기 싫어하기로는 압도적인 랭킹 1위가 바로 악마숲이다. 그 광역 포격 능력 때문에 전술에 제약이 생기니 당연했다.

"아닙니다."

곧바로 부정한 것은 서포트 팀이 아니었다.

용우가 먼 곳을 보며 말했다.

"지휘관 개체일지도 모르겠군요."

"그걸 어떻게 압니까?"

1부대장은 올해로 30세.

용우보다 업계 경력은 훨씬 길었지만 나이가 적었기에 존대를 해주었다.

그가 놀라서 묻는 순간, 숲속에서 붉은 에너지탄 하나가 날아올라서 상공을 때렸다.

퍼어엉!

숲을 적외선 스캔하고 있던 또 한 대의 드론이 격추당했다.

용우가 말했다.

"저게 스펠이 아니면 불꽃도마뱀 같은 놈이 나온 걸 텐데, 이 지형에서 나올 가능성은 없지 않습니까?"

"젠장, 결국 나왔나."

부대장이 한숨을 쉬었다.

지휘관 개체가 출현하는 것만으로도 작전 수행 난이도가 확 올라간다.

그런데 그 지휘관 개체가 공중 타격이 가능한 놈이라니 그야말로 최악이 아닌가?

"드론을 높이 올려서 디코이(Decoy: 미끼)를 내리고 가능한 한 많은 정보를 모아. 그동안 RC카로 빠진 지형 데이터를 파악한다. 무인 전차도 발진 준비시켜."

부대장의 판단은 빨랐다. 그가 말했다.

"부대를 셋으로 나눈다. 각성자는 알파 분대와 브라보 분대로. 나머지는 나와 함께 찰리 분대로. 알파 분대는 좌측, 브라보 분대는 우측, 그리고 찰리 분대는 진지방어."

1부대의 각성자 헌터는 8명이다. 용우가 합류해서 9명이 되었다.

부대장이 용우에게 물었다.

"브라보 분대와 함께 타격에 참가해 줄 수 있겠습니까?"

"문제없습니다."

배틀 힐러는 전투 수행이 가능한 힐러다. 용우의 근접전과 사격 능력이 우수하다는 것은 이미 알려져 있었다.

브라보 분대장은 이미나였고, 유현애가 포함되어 있었다.

용우는 분대장이 자신을 브라보 분대에 배치한 이유가 그것이리라 짐작했다.

"이렇게 손발 맞춰보기는 처음이네요. 잘 부탁해요, 아저씨."

"그래."

용우가 등에 메고 있던 소총을 들었다.

배틀 힐러 서용우일 때는 시공의 보물고를 쓸 수 없다. 그래서 전투에 쓸 장비를 전부 들고 다녀야 하고, 그것이 전투 수행 능력을 제한하는 점이 상당히 짜증 나는 부분이었다.

하지만 어쩔 수 없었다. 그것이 모두가 겪는 상식적인 한계니까.

'과연 어느 정도의 변수일까?'

저 지휘관 개체는 과연 그 상식적인 한계 안에서 격파할 수 있는 상대일까?

용우는 그 사실이 궁금해졌다.

2

서포터 팀은 충실하게 자신들의 일을 수행했다.

"적의 대공사격 유효사거리는 500미터 정도가 한계로 추정됩니다."

1.5킬로미터 고도를 나는 드론이 소형 기구 형태의 디코이를 뿌려가면서 파악한 데이터였다.

"염동염마탄인 것 같군. 증폭 탄두도 없이 저 거리까지 닿는다니……."

정확도는 그렇게 높지 않다. 5대의 디코이가 격추될 때까지 적은 40발 이상을 사격했다.

하지만 그러고도 전혀 사거리가 줄어드는 기색이 없다는 게 문제다.

"코어 에너지 반응 파악 끝났습니다. 현재 필드에 드러난 코어 에너지 반응은 2개. 모두 5등급이고 한 놈은 큰나무장로, 한 놈은 미확인입니다."

"5등급 지휘관 개체인가."

부대장이 신음했다.

지금까지 나타난 지휘관 개체들은 휴머노이드 타입의 3등급 몬스터에 빙의해서 코어 에너지 반응을 4등급까지 끌어올렸다.

하지만 이번에 출현한 지휘관 개체는 그보다 한 등급 높은 마력을 지녔다.

1부대원들은 다들 생각했다.

'우리 부대는 재수가 옴 붙었나?'

한국에서 최초로 지휘관 개체가 출현해서 피를 본 것도 그들이었는데, 이제는 한국 최초로 5등급 지휘관 개체와 싸우게 되다니.

도무지 좋은 예감이 들지 않았다.

하지만 부대장은 부정적인 분위기가 자리를 지배하도록 기다리지 않았다.

"부유 중계기 띄워. 드론들은 1.2킬로미터 고도에서 최대한 다각화해서 정찰 데이터를 얻도록. 무인 전차는 지금 발진시켜. 알파 분대와 브라보 분대보다 선행해서 현재 적이 모습을 드러낸 모든 포인트를 타격한다. 그리고……."

단숨에 명령을 내린 지휘관이 곧 케이블 교체를 위해 출입문을 들락거릴 서포트 팀원들에게 말했다.

"국방부에 벙커 버스터 요청해."

"벙커 버스터를요?"

기본적으로 헌터 팀들이 작전에 투입하는 모든 폭약들은 헌터 관리부의 승인을 거쳐야만 쓸 수 있는 물건들이다.

특히 벙커 버스터를 비롯해서 막강한 위력을 자랑하는 항공 폭탄들은 30미터급 게이트에서는 좀처럼 허가가 떨어지지 않았다.

작년에 용우가 팀 블레이드 2부대를 구원했을 때처럼, 게이트 내부의 필드에서 그것을 투입해야만 하는 이유가 확인되어야 투입되는 것이다.

게다가 일반 폭탄보다 훨씬 고중량을 자랑하는 항공 폭탄을 운용하기 위해서는 대형 드론이 필요하고, 이것은 헌터 팀들이 보유할 수 없었다. 어디까지나 헌터 관리부의 요청으로 국방부에서 대여해 주는 방식으로만 운용된다.

"지형부터가 좋지 않아. 이런 상황에서 5등급 지휘관 개체가 나왔다는 건 충분한 사유가 될 거다."

지휘관이 말하는 동안 무인 전차들이 배치를 끝내고 공격을 시작했다.

콰과과과광……!

무인 전차들이 쏴대는 전차포와 다연발 로켓이 숲을 두들겨 댔다.

폭음 속에서 알파 분대와 브라보 분대가 좌우로 갈라져서 움직이기 시작했다.

"온다."

문득 용우가 말했다.

모두가 그를 돌아보는 순간이었다.

콰아아앙!

전방에서 퇴각 중이던 무인 전차를 푸른 섬광이 덮쳤다.

강렬한 충격을 받은 무인 전차가 균형을 잃고 옆으로 쓰러졌다.

"염동충격탄?"

이미나가 놀라서 중얼거릴 때였다.

"제2격 옵니다."

용우가 경고했다.

이미나가 곧바로 앞으로 나서며 양팔을 십자로 교차했다.

―크리스탈 월!

그녀의 앞에 울퉁불퉁하고 투명한 벽이 나타났다.

투아아아앙!

거뜬히 공격을 막아낸 그녀가 외쳤다.

"유현애! 방어 역할 교대!"

"네!"

유현애가 신속하게 반응했다.

불꽃의 활을 들고 정신을 집중하자 푸른빛의 파문이 퍼져 나가면서 일행을 감쌌다.

허공장이었다.

"저격수들, 반격해!"

이미나의 방어 스펠 크리스탈 월은 견고한 방어력을 자랑한다.

하지만 아군도 공격을 하려면 벽 너머로 몸을 내밀어야 한다는, 지극히 당연한 한계가 있다.

그러나 허공장은 다르다.

외부의 공격은 막아내면서 내부에서 쏜 공격은 아무런 손실 없이 통과시킨다. 물리법칙을 비웃는 힘이었다.

―염동충격탄(念動衝激彈)!

저격수가 육안으로 포착한 적을 사격했다. 푸른 에너지탄이 초음속으로 날아가서 폭발한다.

―염동폭렬탄(念動爆裂彈)!

뒤이어 유현애가 불꽃의 활로 사격을 가했다.

'곡사?'

용우가 놀랐다.

유현애는 직사 대신 곡사를 택했다.

그러자 불꽃의 활로 증폭되었음에도 탄속이 시속 200킬로미터에 불과한 느릿느릿한 에너지 화살이 포물선을 그리면서 먼 곳으로 떨어졌다.

꽈아아아앙!

착탄점에서 일어난 폭발이 반경 수십 미터를 휩쓸었다.

"약간 빗나갔어요."

유현애가 중얼거렸다.

그녀가 쓴 염동폭렬탄은 탄속이 느리고 사거리가 짧은 대신 큰 파괴력을 자랑한다. 현대 화기로 치면 유탄발사기 같은 역할이라고 할 수 있겠다.

"한 발 더."

이미나의 명령에 저격수와 유현애가 동일한 스펠로 적을 타격했다.

'놀랍군.'

용우는 감탄했다.

그가 1월에 유현애를 구해주고 나서 불과 4개월이 지났을 뿐이다.

그런데 유현애의 기량이 놀라울 정도로 늘었다.

자연스럽게 허공장을 다루는 것은 물론, 허공장을 견고하게 유지하면서도 고출력으로 스펠을 발하는 데 어려움을 느끼지 않는다.

'이 녀석은 확실히 천재다.'

격투전 재능은 떨어질지 몰라도 마력을 다루는 능력과 그것을 전투에 활용하는 센스는 전율스러울 정도였다.

[트롤들 접근 중. 긴다리늑대를 앞세우고 있습니다.]

연기와 흙먼지 때문에 시계가 제약된다.

하지만 1.2킬로미터에 떠 있는 드론들이 적의 움직임을 관측해서 알려주었다.

"시야 확보해."

이미나의 지시에 근접전투원이 스펠을 써서 돌풍을 일으켰다.

흙먼지가 흩어지면서 악을 쓰고 돌격해 오는 적들의 모습이 보였다.

투아아아앙!

그들 너머에서 쏘아져 온 에너지탄이 유현애의 허공장에 가로막혔다.

"이상하군."

저격수와 유현애에게 공격을 지시하면서 이미나가 중얼거렸다.

용우가 끼어들었다.

"염동충격탄만 날아들고 있습니다. 저 지휘관 개체가 두 개 이상의 스펠을 갖고 있거나, 아니면 다른 지휘관 개체가 있을 겁니다."

"코어 에너지 반응이 두 개뿐인 걸로 봐서는 저놈이 2개의 스펠을 보유했을 가능성이 높겠군요."

코어 몬스터가 땅속에라도 처박혀 있으면 모를까, 지상으로 나와 활동하는 경우에는 코어 에너지 탐지기의 탐지를 피할 수 없었다.

그워어어어어!

그때 숲 저편에서 거대한 실루엣이 일어났다.

높이가 20미터에 달하는 나무에 얼굴과 팔다리가 달려서 울부짖는다.

그 나뭇가지에 달린 나뭇잎들은 진짜 잎사귀가 아니라 잎사

귀 형태의 에너지 불꽃이었다.

5등급 몬스터 큰나무장로였다.

[브라보 분대는 지휘관 개체를 붙잡아놓도록. 드론으로 큰나무장로를 유인한다.]

곧바로 부대장의 지시가 날아들었다.

드론을 격추시켰던 지휘관 개체만 붙잡아놓으면 드론을 운용할 수 있다.

일단 큰나무장로를 제외한 다른 몬스터들을 청소하고 나서 큰나무장로를 공략하는 것이 합리적인 판단이었다.

[벙커 버스터 투입까지 20분 걸린다고 한다. 다른 놈들을 청소하고 나서 벙커 버스터로 때려준 다음 공략하지.]

그러나 부대장은 채 30초도 안 지나서 판단을 수정해야만 했다.

콰아아앙……!

[드론 격추!]

큰나무장로를 유인하던 드론들이 연달아 격추당했기 때문이다.

[어떻게 된 거냐? 회피를 못 한 건가?]

[아닙니다! 큰나무장로의 공격에 격추된 게 아니었습니다!]

[그럼 설마 새로운 지휘관 개체인가?]

[코어 에너지 반응은 여전히 두 개뿐입니다!]

그리고 트롤 지휘관 개체는 브라보 분대가 상대 중이었다.

결사적으로 돌격해 오는 트롤과 긴다리늑대를 원거리 공격으로 차근차근 줄여 나가는 중이다.

"이런."

문득 용우가 신음했다. 한 가지 사실을 깨달았기 때문이다.

"왜 그러죠?"

이미나가 물었다.

하지만 용우는 그녀에게 대답하는 대신 다급하게 외쳤다.

"유현애!"

동시에 유현애도 이변을 알아챘다.

"이, 이건?"

우우우우우우!

갑자기 그녀의 손에 쥐어진 불꽃의 활이 진동하면서 강렬한 마력 파동을 쏟아내기 시작한 것이다.

'뭐지?'

그녀의 시선이 자연스럽게 전방, 숲 저편을 향했다.

보이는 것은 폭연이 자욱하게 피어오르고 있는 숲의 풍경뿐이다.

그런데 왠지 유현애는 그 속에서 어떤 존재와 시선을 마주한 것 같은 착각에 사로잡혔다.

그런 그녀를 정신 차리게 한 것은 용우의 목소리였다.

"허공장 최대 출력으로 전개해!"

동시에 용우도 스펠을 발했다.

―배리어 필드!

반구형 역장이 브라보 분대를 감쌌다.

그 직후 숲에서 뻗어 나온 섬광이 그들을 강타했다.

콰아앙!

"이쯤이야!"

거뜬하게 받아낸 유현애가 의기양양하게 외치는 순간이었다.

쾅! 콰앙! 콰과과과광!

동일한 충격이 연달아 허공장을 두들겨 대는 게 아닌가?

최대 출력으로 전개되었던 유현애의 허공장이 버티지 못하고 뚫렸다.

"아, 안 돼!"

유현애가 비명을 지르는 순간, 용우의 방어막이 공격을 받아 냈다.

콰아아앙!

"아저씨!"

유현애가 환호했다.

용우가 폭음 속에서 외쳤다.

"유현애! 안쪽에 허공장을 재구축해! 오래 못 버틴다!"

그러자 유현애가 찬물을 뒤집어쓴 듯 정신을 차렸다.

"5초만 버텨줘요!"

유현애는 그렇게만 대답하고는 눈을 감고 정신을 집중했다.

그러자 뚫리면서 해제되었던 허공장이 용우의 방어막 안쪽에 서 재구축되기 시작한다. 그 과정이 정말 5초 안에 이뤄지는 걸 본 용우가 혀를 내둘렀다.

'대단하군.'

위급 상황인데도 유현애의 집중력이 칼날처럼 날카로웠다.

지금 유현애가 해낸 것은 용우처럼 허공장이 손발처럼 익숙하 거나 아니면 마력 컨트롤을 숨 쉬듯이 자연스럽게 해낼 수 있어야만 가능한 일이다.

'정체가 발각되는 것까지 각오했는데.'

목숨이 날아갈 판에 정체를 감추고 있을 수는 없지 않은가?

유현애가 해내지 못하면 용우 자신이 할 생각이었다.

하지만 유현애는 기대 이상의 모습을 보여주었다.

허공장 재구축이 끝나자 용우가 배리어 필드를 풀면서 외쳤다.

"적을 타격해서 공격을 멈춰야 합니다!"

용우는 적이 에우라스 때와 마찬가지로 끊임없이 공격을 퍼부을 것임을 직감했다.

그렇다면 공격을 끊는 방법은 이쪽에서 반격하는 것밖에 없다.

"유현애! 최대한 넓은 범위를 때려!"

용우는 그렇게 외치며 소총을 들었다.

―염동충격탄(念動衝激彈)!

푸른 섬광이 뻗어나가는 것을 본 브라보 분대원들이 놀랐다.

'힐러인데 염동충격탄까지 보유했어? 7세대 성적 상위권자라서인가?'

'이 정도면 마력도 현애보다 위 아닌가?'

용우가 전문 저격수와 비교해도 손색없는 스펠과 마력을 보여주었기 때문이다.

하지만 지금은 그걸 따질 때가 아니었다. 저격수와 유현애도 용우의 말대로 날아드는 공격 너머를 향해서 어림짐작으로 공격을 날렸다.

콰과과과광……!

유현애의 공격이 광범위한 폭발을 일으키자 마침내 적의 공격이 멈추었다.

"멈췄군."

중얼거리는 용우에게 이미나가 물었다.

"뭐였죠?"

"5등급 지휘관 개체… 아니."

용우가 이를 악물었다.

"군주 개체."

무인 전차의 공격으로 불타고 있던 숲에 구멍이 뻥 뚫리고 그 너머에서 무언가가 보였다.

그것은 불타는 트롤이었다.

왼팔이 날아가 버린 트롤의 시체를 불꽃이 휘감고 있었다. 불꽃이 뻗어나가서 존재하지 않는 팔의 실루엣을 그려내고 그 기능을 대체한다.

〈나는 불꽃의 군주.〉

텔레파시가 울려 퍼졌다.

〈볼더.〉

에우라스에 이은 두 번째 군주 개체가 모습을 드러내는 순간이었다.

〈마침내 만났구나, 거짓된 성좌의 선택을 받은 병사여. 그 연약한 육신을 불태워 주리라.〉

불꽃을 피워 올리는 군주 개체가 기괴하게 웃었다.

정적이 내려앉았다.

모두가 충격으로 할 말을 잃은 가운데, 오로지 군주 개체 볼더만이 느긋하게 걸음을 내디뎠다.

쿵! 쿵! 쿵⋯⋯!

그 뒤를 5등급 몬스터 큰나무장로가 뒤따른다.

자기 영역을 지배하는 맹수와도 같은 5등급 몬스터가 얌전히 뒤를 따르는 모습은 헌터들에게는 대단히 기괴하게 보였다.

"이건 대체 무슨⋯⋯."

모두가 당황할 때, 한 사람이 움직였다.

"뭐 하는 거야!"

이미나가 당황해서 외쳤다.

용우가 명령을 기다리지 않고 혼자 달려 나갔기 때문이다.

용우는 대답 대신 전방을 향해 소총을 갈겼다.

푸른 섬광이 뻗어나갔다.

콰아아앙!

하지만 타깃은 볼더가 아니다. 돌진을 멈추고 볼더 쪽을 돌아보고 있던 트롤 지휘관 개체였다.

콰아아아!

트롤 지휘관 개체 입장에서는 방심의 대가를 뼈저리게 치렀다. 단 일격으로 팔이 날아가 버린 것이다.

"아."

그 광경을 본 이미나는 퍼뜩 정신을 차렸다.

용우의 판단이 옳았다.

볼더와 큰나무장로가 접근해 오기 전에 트롤들을 무력화해야 했다. 그 후에 맞붙든 아니면 무인 병기들을 희생양으로 던져주고 이탈해서 재정비하든 해야 하는 것이다.

부대장의 판단은 신속했다.

[이탈해라. 드론하고 무인 전차로 시간을 번다. 알파 분대와 합류한 뒤에 교전하도록.]

그동안 용우는 팔을 잃은 트롤 지휘관 개체에게 재차 사격을 가해서 머리통을 날려 버렸다.

한 박자 늦게 브라보 분대원들도 대응했다. 용우에게 방어 스펠을 씌워주면서 사격 지원을 해서 트롤들을 저지해 냈다.

분대원들에게 돌아온 용우가 외쳤다.

"제2파 옵니다!"

저편에서 볼더가 다시금 마력을 모으고 있었다. 강렬한 마력 파동이 퍼져 나갔다.

하지만 이번에는 유현애가 더 빨랐다.

그녀는 곡사로 염동폭렬탄을 쏘아내고는 곧바로 다시 활시위를 당겼다.

—염동충격탄(念動衝激彈)!

불꽃에 휘감긴 에너지탄이 초음속으로 볼더의 옆을 강타했다.

"칫!"

유현애가 혀를 찼다.

연사의 명중률은 안 좋았다.

하지만 상관없었다.

콰아아아아앙!

한 박자 늦게 도달한 염동폭렬탄이 대폭발을 일으켰으니까.

"포인트-10까지 후퇴!"

이미나가 후퇴를 명령한 지점은 고작 150미터 떨어진 지점이 었다.

거기에는 이유가 있었다. 서포트 팀이 그곳으로 사륜 바이크를 보내놨던 것이다.

"모두 탑승! 포인트-24까지 이동한다!"

브라보 분대원들은 사륜 바이크에 올라타고 질주하기 시작했 다.

"대체 뭐였지?"

덜컹거리며 달려가는 사륜 바이크 위에서, 유현애가 불꽃의 활을 의심스러운 눈으로 바라보며 중얼거렸다.

그 순간, 그녀는 아직 시야에 들어오지도 않았던 볼더와 서로 마주 보고 있었다. 서로의 존재를 강렬하게 느꼈다.

'공명(共鳴).'

확실했다.

불꽃의 활과 볼더는 서로 공명하고 있었다.

'아티팩트는 대체 뭐지? 그리고 군주 개체는?'

의문이 뇌리를 사로잡는다.

하지만 답을 줄 사람은 아무도 없었다. 그녀는 드론들과 무인 전차들이 전투를 벌이는 소음을 들으면서 목적지를 향해 사륜 바이크를 달렸다.

　　　　　*　　　　　*　　　　　*

부대장은 생각했다.

'이번 작전은 수익성이 꽝이군.'

무인 병기 피해가 너무 크다. 그리고 작전이 끝날 때까지 계속 커질 것이다.

게이트 제압 작전에 투입하는 무인 병기는 한두 푼 하는 물건이 아니었기 때문에 한 대 부서질 때마다 그만큼 수익이 팍팍 깎여 나가는 셈이다.

'부디 적자를 보더라도 그걸로 끝나길 바란다.'

하지만 수익이 깎이는 게 인명 피해가 나는 것보다는 훨씬 낫다.

적자는 다음 작전으로 메꾸면 그만이지만 죽은 사람은 돌아오지 않으니까.

[알파 분대와 브라보 분대, 포인트—17에서 합류 완료.]

그동안 군주 개체 볼더와 5등급 몬스터 큰나무장로의 발을 묶기 위해 투입한 무인 병기들이 전부 파괴되었다.

"곧 탄약과 장비 지원차가 간다. 그리고 벙커 버스터 반입 완료. 곧 투입한다."

부대장이 옆에서 발진 준비를 하고 있는 대형 드론을 보며 말했다.

"알파 분대, 브라보 분대 모두 포인트—17에서 대기. 충격에 대비하도록."

곧 대형 드론이 날아올랐다.

그리고 아직 남아 있는 무인 병기들이 볼더와 큰나무장로를 향해 몰려가기 시작했다.

저편에서 전투의 굉음이 울려 퍼지고, 그리고…….

콰아아아아아앙!

2톤급 벙커 버스터가 큰나무 장로에게 꽂히면서 대폭발이 일어났다.

마력 반응 탄두를 탑재한 벙커 버스터는 몬스터 상대로 단순한 물리적 파괴력 이상의 위력을 보인다.

그러나 5등급 허공수 상대로는 유효타가 될 수 있을 뿐, 결정타는 될 수 없다.

[큰나무장로에게 직격했습니다.]

[제2격 투하!]

폭발로 인해서 광학적으로는 볼더와 큰나무장로를 포착할 수 없는 상황.

그러나 인공지능 시스템이 이미 폭발 시에 큰나무장로가 얼마나 밀려났을지를 계산해서 타깃팅을 끝마친 후였다.

곧 발사된 벙커 버스터 2격도 흙먼지를 뚫고 정확히 큰나무장로에게 꽂혔다.

콰아아아아아앙!

2킬로미터 떨어진 지점의 땅을 파고 방어막을 펼친 채로 폭발이 끝나기를 기다린 일행이 일어났다.

"간다."

지휘권을 잡은 알파 분대장의 말에 헌터들이 신속하게 움직이기 시작했다.

사륜 바이크를 타고 1킬로미터 떨어진 지점까지 이동한 뒤 보행으로 접근해 간다.

쿠구구구구……

폭발의 여파로 솟구친 흙먼지가 서서히 가라앉고 있었다.

[적과의 예상 거리 980미터.]

인공지능 시스템이 적의 볼더와 큰나무장로의 위치를 예상해서 헬멧의 바이저와 소총의 스코프에 표시해 주었다.

"저격수들, 사격 준비."

알파 분대장이 명령을 내렸다.

아까 전 파악한 볼더의 유효사거리는 대공사격 시를 기준으로 500미터 정도였다.

그리고 아까 전 브라보 분대가 교전했을 때의 데이터를 토대로 분석한 결과 직사 시의 유효사거리는 650미터 정도라는 결론이 나왔다.

순수하게 스펠만으로 그 정도 거리를 타격하는 것은 대단한 일이지만…….

"발사!"

증폭 탄두를 쓰는 헌터 저격수의 유효사거리에 비할 바가 아니다.

─염동충격탄!

3명의 저격수와 용우가 일제히 사격을 개시했다.

초음속으로 발사된 4발의 염동충격탄이 흙먼지 너머의 몬스터들을 덮쳤다.

유현애는 허공장을 펼친 채로 방어를 전담하고 있었다.

그녀의 사격 실력이 늘었다고는 하지만 불꽃의 활은 이런 초장거리 사격에 어울리는 무기가 아니다.

그녀의 화력이 빛을 발하는 거리는 아까처럼 볼더와 서로 치고받는 거리였다.

콰아아아아앙!

섬광이 폭발하면서 흙먼지가 쓸려 나가기 시작했다.

[전탄 명중. 적들, 아직 움직임을 보이지 않는다.]

서포트 팀의 말에 알파 분대장이 명령했다.

"발사!"

다시금 4발의 염동충격탄이 동일 지점을 때리면서 폭음이 울려 퍼졌다.

'멋지군.'

용우는 헬멧의 바이저 아래로 절로 미소를 지었다.

군주 개체의 화력은 압도적이다. 체격은 작지만 5등급 수준의 에너지를 가졌기에 그럴 수 있는 것이다.

하지만 그런 군주 개체조차도 현대의 헌터에게는 충분히 공략 가능한 대상일 뿐이다.

사거리를 파악하고, 다각도의 관측으로 움직임을 파악하고 나니 일방적으로 두들기는 상황이 만들어지지 않았는가?

화아아아아악!

저격수들이 3발째 사격하고 4발째를 준비할 때였다.

흙먼지가 갈라지면서 불길이 치솟았다.

콰쾅! 콰과과광!

뒤이어 포물선을 그리며 날아든 불덩어리들이 연달아 폭발하기 시작한다.

저격수 4명의 사격을 초라하게 만드는 화력이었다.

그러나······.

"사거리는 파악한 대로군."

닿지 않는다.

볼더가 분노해서 닥치는 대로 쏴대는 공격은 헌터들과 200미터도 더 떨어진 지점에 떨어져서 폭발할 뿐이었다.

"순수하게 스펠만으로 사거리가 600~650미터라니 끔찍한 놈이야."

일행은 조금씩 후퇴하면서 계속 사격을 가했다.

사방을 경계하는 것도 잊지 않았다. 아직 몬스터를 전부 청소하지 못했기에 언제 공격받아도 이상하지 않았기 때문이다.

[사거리는 거의 변동 없음. 하지만 위력은 조금씩 낮아지고 있습니다. 아, 군주 개체가 사격을 중지했습니다.]

닿지 않는다는 것을 깨달았는지 볼더의 사격이 멈췄다.

[큰나무장로가 접근해 옵니다. 군주 개체는 그 뒤를 따라서 이동.]

"머리를 쓰는군."

일반 지휘관 개체는 5등급 몬스터를 조종하지 못했다.

그러나 군주 개체는 그 일이 가능한 것이 분명했다. 큰나무장로를 방패막이로 앞세운 채로 접근해 오는 것만 봐도 알 수 있지 않은가?

볼더가 준비한 술수는 그것만이 아니었다.

[좌측 후방에서 트롤 무리 발견. 긴다리늑대 3개체, 트롤 7개체가 접근해 옵니다. 거리 600미터. 접촉까지 1분 30초.]

[우측에서도 트롤 6개체 접근. 거리 400미터. 접촉까지 1분.]

여러 방향에서 몰아치고 있었다.

부대장은 곧바로 대응책을 지시했다.

[좌측은 서포트 팀이 남은 무인 병기로 시간을 번다. 우측은 B—3이 장거리 타격 후 근접전투원들이 처리하도록.]

B—3은 유현애의 코드 넘버였다.

이미나가 물었다.

"현애야, 마력은 아직 괜찮아?"

오늘 가장 마력 소모가 심했던 것이 유현애였다. 하지만 그녀는 거뜬하다는 듯 고개를 끄덕였다.

"여유 있어요. 아직 포션도 안 썼고."

유현애의 전투 능력은 각성자로서의 피지컬을 월등히 상회한다.

일단 마력 저장량이 비정상적으로 많았다. 불꽃의 활이 마력 저장소 역할을 해주기 때문에, 그녀는 한 전투마다 마력 기관에 저장된 마력의 5배 이상의 마력을 끌어다 쓸 수 있었다.

'걸렸어.'

저격수들이 다가오는 큰나무장로를 난타하는 가운데, 유현애가 우측으로 접근해 오는 트롤 무리를 향해 활시위를 당겼다.

―염동폭렬탄(念動爆裂彈)!

포물선을 그리며 날아간 에너지탄이 대폭발을 일으켰다.

콰아아아아아앙!

"Go!"

폭발이 일어나자마자 이미나와 3명의 근접전투원들이 달려 나갔다.

트롤들은 폭발에 휘말려서 정신을 못 차리고 있었다.

그러나 헌터들은 아니다. 바이저에 표시되는 적의 위치를 믿고 흙먼지 안으로 뛰어들었다.

손쉬운 전투였다.

그들은 소총 사격으로 적을 때리고, 칼이나 도끼 같은 근접전용 무기로 마무리했다.

"처리 완료!"

교전 시간은 고작 37초. 그것으로 트롤 7마리가 정리되었다.

그워어어……!

그리고 방패막이가 되어서 난타당한 큰나무장로가 더 버티지 못하고 무릎을 꿇었다.

아직 숨이 끊어지지는 않았다. 그러나 허공장이 거의 벗겨져서 스펠이 뼛속까지 깊이 파고들고 있었다.

—폭염구(暴炎球)!

그러자 그 뒤에서 걸어 나온 볼더가 사람 몸통만 한 불꽃의 구체를 띄웠다.

한 발이 아니었다. 엄청난 속도로 폭염구가 20발이 넘게 생성되었다.

거리는 300미터까지 좁혀졌다. 헌터들은 그의 사거리에서 벗어날 수 없었다.

〈죽어라, 잡것들.〉

볼더의 텔레파시에서 신경질적인 분노가 느껴졌다.

폭염구가 일제히 헌터들을 향해 쏘아져 왔다.

퍼어어어엉!

그러나 쏘아진 폭염구가 반도 다가오기 전에 한 발이 터져 나간다.

〈음?〉

볼더가 의아해하는 순간이었다.

퍼엉! 퍼퍼퍼퍼펑!

용우를 포함한 4명이 쏘는 마격탄이 폭염구를 연달아 쳐서 폭발시키는 게 아닌가?

"사거리 차이로 일방적으로 두들겨 맞았으면서 이 거리에서 폭염구라니, 힘만 세지 멍청한 놈이군."

알파 분대장이 볼더를 비웃었다.

폭염구는 폭발력은 강하지만 탄속이 느리다.

물론 시속 120킬로미터에 달하는 탄속은 일반인의 눈에는 충분히 빠르게 느껴질 것이다. 하지만 뛰어난 헌터들, 그것도 인지 속도를 가속시킬 수 있는 저격수들에게는 쉽게 맞혀 떨어뜨릴 수 있는 표적에 지나지 않았다.

결국 20발의 폭염구 중 헌터들에게까지 도달한 것은 절반에 불과했고, 유현애가 허공장으로 받아내야 하는 것은 또 그 절반 정도였다.

—염동충격탄(念動衝激彈)!

볼더가 다음 공격을 가하기 전에 저격수의 일격이 그를 때렸다.

〈버러지들이 감…….〉

퍼어어이엉!

또 때렸다.

〈이놈들이……!〉

퍼엉! 퍼어어엉!

연달아 때렸다.

"이번에도 멍때리고 맞아줄 것 같냐?"

브라보 분대가 일방적으로 난타당했던 것은 의표를 찔려서 당황했고, 볼더에 대한 데이터가 없었으며, 대응하기에는 화력이 부족했기 때문이다.

하지만 알파 분대와 브라보 분대가 집결한 지금 전문 저격수가 3명에 충분히 저격수 역할을 수행하는 용우까지 있다.

저격수들은 초인적인 시력과 반응속도, 거기에 마인드 부스트까지 써서 인지 속도를 가속시키기까지 한다.

거기에 사격 지원 시스템까지 더해지면 300미터 거리에서 인간보다 큰 타깃을 백발백중으로 때리기는 쉬웠다.

'빠르게 움직이기라도 하면 모르겠는데, 에우라스도 그렇고 이놈도 그렇고 군주 개체들은 이동 능력이 떨어지는 것 같군.'

용우는 이 상황에서도 빠른 움직임을 보이지 않는 볼더를 보며 눈을 가늘게 떴다.

그때였다.

〈병사여.〉

볼더의 눈이 기괴한 빛을 발했다.

우우우우우!

그러자 막 활시위를 당기려던 유현애가 멈칫했다.

불꽃의 활이 격렬하게 진동하면서 마력 파동을 쏟아냈기 때문이다.

"또 공명?"

불꽃의 활은 말하자면 M—링크 시스템과 증폭 탄두를 합쳐놓은 것 같은 무기다.

유현애의 마력 출력은 3배 이상으로, 원거리 타격용 스펠의 위력은 10배 이상까지도 증폭한다.

그런데 지금 이 순간, 불꽃의 활의 마력 증폭도가 더더욱 오르고 있었다.

3배, 4배… 5배 이상까지!

화아아아악!

"이런! 공명하면 놈도 같이 강해지는 건가!"

용우가 낭패한 기색으로 말하자 다들 놀라서 그를 바라보았다.

불꽃과 활과 볼더가 공명하면서 양쪽 모두의 마력이 폭증하고 있었다.

—폭염질주!

볼더가 거대한 불꽃을 일으키면서 가속하기 시작했다.

조금 전까지는 일반인이 빠르게 걷는 정도의 속도였다면 이제는 전력 질주하는 수준이다. 지그재그로 불꽃의 벽을 그려내면서 다가오자 저격수들의 사격이 빗나가기 시작했다.

—염동염마탄(念動炎魔彈)!

볼더가 마구잡이로 염동염마탄을 날리기 시작했다.

고열을 발하는 붉은 에너지탄이 사방에 떨어져서 폭발했다.

콰광! 콰콰콰콰쾅……!

결국 유현애의 허공장이 깨지면서 염동염마탄이 폭발했다.

"아악!"

"꺄아악!"

헌터들이 비명을 지르며 나가떨어졌다.

"제, 젠장."

비틀거리며 일어난 이미나가 빠르게 동료들의 상태를 살폈다.

허공장이 위력을 막아줘서 다들 가벼운 화상 정도로 끝났다.

하지만 방어가 무너진 것은 대단히 심각한 상황이었다.

─리모트 힐.

그때 용우가 한 사람, 한 사람에게 원거리 치료 스펠을 걸어주고는 앞으로 나섰다.

콰아아아아앙!

그 직후 날아드는 염동염마탄을 그가 방어막을 펼쳐서 막아냈다.

'이 거리에서 화력전을 벌여봤자 답이 없다.'

용우는 정체를 감추길 포기했다.

배틀 힐러 서용우는 이 상황을 타파할 수 없다. 그러나 0세대 각성자 서용우라면 이야기가 다르다.

'설계 끝났다. 금방 끝내주지.'

용우가 눈을 빛낼 때였다.

콰아앙!

고속으로 날아든 에너지탄이 옆에서 폭발했다.

"크윽!"

그리고 그 앞으로 뛰어들면서 막아냈던 이미나가 튕겨 나갔다.

"언니!"

유현애가 비명을 질렀다.

이미나는 그녀를 지켜주려고 몸을 던졌던 것이다.

"으, 바디 벙커… 갖고 올걸."

이미나가 쓰러진 채로 중얼거렸다.

마력 반응 코팅이 된 바디 벙커는 화력전을 벌일 때 꽤 든든한 방어 도구였다.

하지만 아무래도 크고 무거운 방패라 기동력이 둔해진다는 이유로 갖고 오지 않았는데… 이럴 줄 알았으면 갖고 올 걸 그랬다는 후회가 든다.

〈병사여.〉

그리고 마침내 바로 앞에서 텔레파시가 울려 퍼졌다.

트롤 시체에 휘감긴 불꽃의 실루엣, 볼더가 입이 찢어진 악마처럼 웃는 형상을 만들어내면서 헌터들을 굽어보았다.

〈가련한 병사여. 너는 모른다.〉

"뭐, 뭘 모른다는 거야?"

유현애가 쓰러진 채로 묻자 볼더가 인간의 것보다 긴 손가락으로 불꽃의 활을 가리키며 말했다.

〈그 힘의 의미를 모른다. 그 힘의 쓸모도 모른다. 그 힘의 가치조차 모른다. 그러니 너는 아무것도 모르는 것이다.〉

화르르륵……!

볼더의 몸은 만신창이였다.

원래부터 왼팔이 날아간 트롤의 시체에 빙의했지만 지금은 완전히 너덜너덜하다. 몸통에도 구멍이 여럿 뚫려 있고 오른팔도 팔꿈치 아래가 없었으며, 왼 다리도 끊어진 채였다.

그러나 상관없다. 이미 죽은 시체였으니까.

〈따라서 너는 행복한 것이다. 무지한 채로 죽을 수 있으니!〉

볼더가 유현애를 비웃으며 불꽃을 발할 때였다.

펑!

측면에서 날아든 에너지탄이 그의 몸통을 때렸다.

—용참격(龍斬擊)!

뒤이어 달려든 용우가 나이프를 그었다. 나이프를 휘감고 뻗어나간 푸른 에너지 칼날이 볼더의 목을 깊숙이 베고 지나갔다.

〈어리석은 놈!〉

볼더가 허공장을 확장해서 용우를 떨쳐내려는 순간이었다.

'걸렸다.'

또한 용우가 자신을 얕보는 그의 허점을 찔러 카운터를 넣으려는 순간이기도 했다.

"헛소리하지 마."

유현애가 눈을 똑바로 뜨고 볼더를 노려보았다.

그리고 벌떡 일어나면서 불꽃의 활을 볼더에게 내밀었다.

"이런 건 너만 할 수 있는 게 아냐!"

투아아아아아앙!

서로의 허공장이 충돌하면서 충격이 폭발했다.

내장이 흔들리는 충격이 전해졌지만 유현애는 똑바로 버티고

섰다.

〈공명을? 설마 단 두 번 겪은 것만으로 터득했단 말인가?〉

볼더가 경악했다.

유현애가 불꽃의 활을 통제해서 그에게 공명을 걸어왔기 때문이었다.

서로의 힘이 폭증한다.

그리고 그것은…….

〈무지한 자가 감히!〉

일순간이지만 서로의 힘이, 서로의 통제에서 벗어난다는 의미였다.

"이야아아아아아!"

유현애가 전력으로 허공장을 확장시켜서 볼더의 허공장과 맞부딪쳤다.

악을 쓰며 날뛰는 힘을 쏟아붓는 그녀의 뇌리에 용우의 목소리가 스쳐 갔다.

"허공장끼리의 싸움은 힘으로 부딪치는 싸움이 아니야."

용우는 남을 가르치는 재주가 좋은 사람이 아니었다. 선생으로는 완전히 실격이다.

하지만 유현애는 개떡같이 가르쳐도 찰떡같이 알아듣는 재주를 가진 사람이었다. 용우가 툭툭 던지듯이 말하는 소리만으로도 필요한 것들을 배워왔다.

"부딪치는 순간부터 잠식하는 거야. 몬스터들은 대부분 이런 재주가 없어."

"잠식은 어떻게 하는데요?"

"잘."

"……."

"상대의 허공장과 내 허공장을 하나로 녹인다고 생각하는 거야. 그러다 보면 마치 우유랑 크림을 섞는 것처럼 경계가 흐트러지지. 그때 그걸 내 걸로 만들면 돼. 별로 안 어려워."

용우도 유현애가 그걸 해낼 수 있으리라고 기대하는 것 같지도 않았고, 애당초 가르치려고 한 것도 아니었다. 그냥 유현애가 허공장끼리 부딪쳤을 때는 뭔가 요령이 없냐고 물어봐서 대답해 줬을 뿐이다.

유현애는 그것만으로도 허공장 잠식을 터득했다.

〈내 허공장을?〉

볼더가 경악했다.

아무리 유현애의 마력이 폭증했다고 하더라도, 허공장의 힘은 볼더가 월등한 상황이었다.

그런데 유현애는 공명을 이용해서 폭주하는 기세로 몰아붙인 다음 볼더의 허공장을 잠식해서 구멍을 뚫었다.

'부족해.'

하지만 거기까지였다.

허공장을 뚫은 것까지는 좋은데 유현애에게는 공격할 여력이 없다. 이 상태를 유지하는 것만으로도 안간힘을 다하고 있었다.

"잘했어."

그때 유현애의 뒤쪽에서 구세주의 목소리가 들렸다.

그리고······.

그녀의 머리 위로 불쑥 소총이 내밀어졌다.

―염동충격탄(念動衝激彈)!

용우가 최대 출력으로 스펠을 발하면서 방아쇠를 당겼다.

콰아아아앙!

볼더의 바로 코앞에서 에너지탄이 작렬했다.

허공장이 강제로 열린 상태에서 맞은 일격이다. 볼더가 빙의한 트롤의 시체가 버텨낼 수 있을 리가 없었다.

일격으로 흉부부터 머리통까지가 날아가 버렸다.

"꺄악!"

그리고 폭발의 여파로 유현애와 용우도 뒤로 튕겨 나갔다.

"엿차."

용우가 균형을 잡으면서 유현애를 붙잡았다. 졸지에 유현애는 용우에게 뒤쪽에서 안긴 꼴이 되었다.

"으, 으아아아······."

다리에 힘이 풀린 유현애가 용우의 품에서 주르륵 미끄러져 내렸다.

"일어나라. 무겁다."

"그럴 리가 없잖아요!"

용우의 말에 유현애가 버럭 소리를 질렀다.

후우우우······.

그때 트롤이 쓰러지면서 흩어졌던 불씨가 한 지점으로 집결하기 시작했다. 그리고 순수하게 불로만 이루어진, 인간을 닮은 실루엣을 이루었다.

〈버러지들, 감히 군주의 그림자를 해하는 죄를 범하였구나! 언젠가 오늘의 이 죄를 후회하게 될 것이다!〉

그리고 불꽃이 흩어지면서 볼더의 존재감이 사라졌다.

잠시 멍청하니 그 광경을 보던 유현애가 중얼거렸다.

"와, 어쩜 저렇게 싸구려 악당 같은 대사를……."

정말로 그랬다. 패하고 도망가는 악역 캐릭터가 내뱉을 법한 전형적인 대사 아닌가?

"끝났군."

부대장이 안도의 한숨을 쉬면서 말했다.

'아슬아슬했군.'

정말로 아슬아슬했다.

막판에 유현애가 예상 못 한 힘을 발휘하지 않았다면 용우는 결국 정체를 드러내야 했으리라.

"그런데……."

문득 용우의 시선이 아래로 향했다.

"넌 언제까지 그러고 있을 거냐?"

"어라?"

그 말에 유현애가 비로소 자신의 상황을 자각했다.

용우의 품에 안겨 있다는 사실을.

내려다보는 용우의 얼굴을 올려다본 유현애의 얼굴이 빨갛게 달아올랐다. 그녀가 허둥지둥 몸을 일으키며 말했다.

"다, 다리에 힘이 풀려서 그런 거거든요!"

"누가 뭐랬냐?"

용우가 심드렁하게 묻자 유현애가 분하다는 듯 발을 동동 굴렀다.

"으, 사람이 정말 성격이 나빠. 어쩜 그래요?"

"조금 전엔 잘했어."

"아저씨는 정말… 어?"

용우가 뜬금없이 던진 칭찬에 유현애가 눈을 휘둥그레 떴다.

"지금 저 칭찬한 거예요?"

"그렇다만? 조금 전의 그건 솔직히 감탄했어. 넌 진짜 천재로군."

"와……"

"왜?"

"아저씨가 솔직히 칭찬하는 걸 들으니까 좀 이상해요. 물론 제가 천재인 거야 사실이지만!"

"……"

용우가 못 들을 말을 들었다는 듯 표정을 일그러뜨리자 유현애가 우쭐거렸다.

"헤헹, 아저씨도 인정해 놓고 뭘 그래요?"

"아, 그래. 내 여동생이 나한테 했던 말이 좀 이해가 간다."

"뭐라고 그랬는데요?"

"재수 없다던데."

"……"

뾰로통해진 유현애의 얼굴을 보고는 용우가 큭큭 웃었다.

[코어 에너지 반응이 사라졌습니다. 게이트 소멸이 시작됩니

다. 모두 수고하셨습니다!]

서포트 팀이 게이트 소멸을 알리자 다들 환호성을 질렀다.

알파 분대장이 분위기를 환기시켰다.

"다들 마지막까지 방심하지 마라. 아직 몬스터가 남아 있을 수도 있으니."

포착된 몬스터는 전부 처리했지만 아직 남은 놈이 있을 수도 있었다.

게이트가 소멸하기 전까지 마력석과 몬스터 시체 등의 부산물을 챙겨야 하고, 모든 상황이 종료되기 전까지는 긴장을 풀어서는 안 되었다.

"서용우 씨."

알파 분대장이 용우를 보며 웃었다.

"수고하셨습니다. 덕분에 살았습니다."

용우가 아니었다면 다들 전멸했을지도 모른다. 그리고 막판에는 다급한 상황에도 모두를 치료해 주기까지 하지 않았는가?

"별말씀을."

그런데 알파 분대장이 그에게 악수를 청할 때였다.

구우우우웅······!

갑자기 둔중한 소리가 울려 퍼지면서, 용우의 뒤쪽에서 검은 스파크가 튀었다.

물리적으로 존재할 리 없는 현상에 다들 경악했다.

그리고······.

"아저씨!"

당황한 유현애의 외침과 함께, 용우가 검은 스파크의 중심부에서 발생한 검은 구멍으로 끌려들어 갔다.

"뭐, 뭐야?"

헌터 하나가 얼빠진 표정으로 중얼거렸다.

순식간의 일이었다.

갑자기 공간이 진동하며 시커먼 구멍이 열리고, 용우가 끌려들어 갔다.

그리고 순식간에 구멍이 닫히면서 아무런 흔적도 남지 않았다.

"…아저씨?"

유현애가 멍청하니 용우를 불러보았지만 돌아오는 대답은 없었다.

Chapter20

유령의 습격

1

   팀 반도호랑이 1부대가 30미터급 게이트에 돌입하기 3시간 전.

   프랑스 파리의 오래된 카페 한구석에 한 남자가 앉아 있었다.

   구릿빛 피부에 푸른 눈동자, 약간 빛바랜 금발을 가진 약간 처진 눈매의 중년 남자였다. 붉은 셔츠의 단추를 가슴팍까지 풀어헤치고 하얀 재킷을 입은 남자는 요즘 유행하는 휴대폰 게임을 즐기고 있었다.

   따리리리리······.

   그러다 문득 벨소리가 울렸다.

   남자는 휴대폰 화면에 뜬 상대의 이름을 확인하고는 히죽 웃었다.

   “여어, 미켈레.”

[모로.]

그에게 전화를 건 것은 구세록의 계약자의 일원이며, 범죄 조직 팬텀을 뜻대로 움직이는 미켈레였다.

그리고 전화를 받은 남자는 엔조 모로.

프랑스의 수호신으로 불리는 헌터 팀 에스쁘아의 CEO이며 구세록의 계약자이기도 했다.

엔조가 히죽 웃으며 물었다.

"웬일이야?"

[알면서 묻지 마라.]

미켈레가 신경질적으로 대꾸했다.

마음만 먹으면 정보 공간을 통해서 세계 어디든 연결될 수 있는 그들이 굳이 전화를 쓰는 이유는 간단했다.

다른 구세록의 계약자들에게 알리기 싫은 일을 처리하고 싶을 때.

엔조가 피식 웃었다.

"진짜 하려고?"

[싸우는 건 내가 한다. 다른 놈들의 이목만 막아주면 돼. 특히 다니엘 윤, 그 빌어먹을 불신자가 알게 되면 반드시 개입해 올 거다.]

"못 말리겠군. 알겠어. 최대한 막아보지."

[나중에 답례하지.]

"필드와 오버 커넥트는?"

[알아서 할 거다. 넌 이번 일에 대해서는 모르는 걸로 해둬.]

"무운을 빌겠어."

전화가 끊어지자 엔조 모로는 휴대폰을 보며 뱀처럼 웃었다.

"하여튼 광신도 새끼는 말이 안 통한다니까. 뭐, 어쨌든 재미있군. 아끼던 셀레스티얼까지 동원하는데 과연 0세대 각성자가 버틸 수 있을까? 되도록 생포되어 주면 좋겠는데."

*   *   *

검은 구멍 속으로 끌려들어 오는 순간, 용우는 곧바로 정신을 차리고 상황을 파악했다.

'오버 커넥트!'

워프 게이트를 만들어내는 스펠, 오버 커넥트였다.

누군가 게이트 안에 워프 게이트를 열어서 용우를 다른 장소로 납치한 것이다.

'고스트인가.'

거기까지 생각하는 순간 주변을 가득 채웠던 어둠이 사라지면서 다른 풍경이 나타났다.

―블링크!

용우는 워프 게이트의 반대쪽 문으로 나오는 순간 허공장을 펼치면서 블링크를 썼다. 들어가자마자 기습당하는 상황을 상정한 것이다.

〈걱정 마라.〉

그러나 마치 용우의 그런 행동을 비웃는 듯한 텔레파시가 들려왔다.

〈어차피 네게 선택의 기회를 주기 위해 부른 것이니.〉

용우는 텔레파시를 발한 자를 바라보았다.

"…고스트 레플리카."

얼마 전 인천항에서 팬텀 검거 작전에 참가했을 때 격돌했던 하얀 갑옷, 고스트 레플리카가 보였다.

그것도 하나가 아니라 4명이었다.

'전부 그때와 같은 타입이군.'

전부 빙설의 창을 들고 있었다.

'한 놈이 여러 개체를 동시에 내보내는 것도 가능한 건가? 그럼 유니크한 개체가 아니라 일종의 전투병이라는 건데…….'

용우는 고스트 레플리카에 대한 인식을 바꿨다.

인천항에서 싸웠을 때는 고스트와 관련이 있는 것치고는 별로 성능이 대단치 않다고 생각했다.

하지만 양산형이었다면 이야기가 달라진다. 놀라운 성과다.

'장비로 보나 정신파로 보나 그때 그놈이겠고.'

처음 말을 걸어온 자의 텔레파시는 기억에 있었다.

팬텀 검거 작전에서 마지막 순간 몸의 주인을 몰아내고 그 자리를 차지했던 정체불명의 남자다.

용우는 아마도 그가 7인의 고스트 중 빙설의 창의 주인이리라 확신하고 있었다.

'최소한 한 개체는 직접 조종하는 거니까 지난번하고는 다르겠지. 그래도 4개체를 동시에 조종할 수 있을 것 같지는 않은데…….'

인천항에서 싸웠을 때, 고스트 레플리카는 전혀 용우의 상대가 되지 못했다.

하지만 수가 4명이나 된다면 어떨까?

게다가 그중 하나는 전투 기술도 월등하다면?

'어디 실력을 볼까?'

용우는 슥 훑듯이 주변 지형을 살폈다.

어딘지 모를 암석 지대였다.

한쪽으로는 바다가 보였고 해안을 따라서 울퉁불퉁하고 불규칙하게 솟아난 암석군들이 두드러졌다. 그리고 그 반대편으로는 야트막한 숲이 펼쳐져 있었다.

'섬인가?'

용우가 그렇게 생각할 때였다.

〈고스트 레플리카라, 비루한 놈들이 생각할 만한 명칭이로군. 이 그릇의 이름은 팔라딘. 자신을 바쳐 신의 뜻을 행하는 숭고한 존재다.〉

"팔라딘이라. 그럼 고스트라 불리는 너희들의 정식 명칭은 뭐지?"

〈우리는 구세록이 내려준 성좌의 힘으로 인류를 수호하는 자들.〉

팔라딘이 마치 연극배우처럼 과장된 몸짓으로 팔을 벌리며 대답했다.

〈구세록의 계약자.〉

그는 구세록의 계약자 미켈레였다.

자신들을 소개한 미켈레가 말을 이었다.

〈0세대 각성자, 너는 죽어 마땅하다. 하지만 네게 속죄의 기회를 주지. 인류를 구하기 위한 연구에 너 자신을 제공해라.〉

그 말에 용우의 입매가 비틀렸다.

일그러진 웃음을 지은 용우가 그를 노려보았다.

"모르모트가 되라는 건가?"

〈그래. 그것만이 존재 자체가 대죄인 네가 속죄할 수 있는 유일한 길이다.〉

"하하, 정말이지……."

어처구니없다는 듯 웃은 용우가 물었다.

"무슨 근거로 그딴 헛소리를 지껄이는지 들어나 볼까?"

〈어비스, 그 죄업의 전장에서는 아무도 돌아와서는 안 되었다.〉

"……."

순간 용우의 얼굴에서 표정이 사라졌다.

조금 전까지 이죽거리던 모습이 거짓말인 것 같다. 한없이 차가운 살의가 팔라딘을 향하고 있었다.

〈구세록은 위대한 신이 가련한 인류에게 내려준 구원의 계시. 예언은 절대적이어야 한다. 그 예언을 어그러뜨리는 너 같은 이레귤러는 존재 자체가 인류를 위협하는 해악이지.〉

"자세한 이야기를 들어보고 싶어지는군. 어비스에 대해서 뭘 알고 있지?"

〈그곳은 인류에 해악을 끼치는 죄인들이, 다가올 재앙에 맞서 인류에게 속죄하기 위한 연옥이었지. 신의 의지로 선택받은 너희들은, 그곳에서 모두 죽는 것만이 죄를 씻는 길이었음이 분명하다.〉

용우의 얼굴에 표정이 돌아왔다.

"말하는 꼬락서니를 보니 너, 어비스에 대해서 잘 모르는군?"

〈과연 그럴까? 구세록은 생존자의 존재를 기록하고 있지 않다. 너희들은 모두 그곳에서 죽을 운명이었다. 그리고 죄인 24만 명의 죽음이 각성자 튜토리얼을 여는 기반이 되었지.〉

"뭐?"

〈어비스로 파병된 24만 명의 죄인이 의무를 다하는 순간, 세계는 예정된 운명을 맞이했다. 퍼스트 카타스트로피가 시작되었다. 그와 동시에 우리에게 성좌의 힘이 주어졌으며, 각성자 튜토리얼이 열렸다. 자, 이래도 내가 어비스에 대해서 잘 모르는 것 같은가?〉

의기양양해하는 미켈레의 말에 용우는 곧바로 대꾸하지 않았다.

잠시 그를 탐색하듯 노려보다가 입을 열었다.

"그랬군. 조금 전과는 달리 진실을 이야기하고 있고."

〈감히 죄인 주제에 신의 뜻을 대행하는 사도인 내 말을 품평하는가?〉

미켈레가 불쾌감을 드러냈다.

하지만 용우는 싸늘하게 웃을 뿐이었다.

'이놈은 정신파가 정직해.'

어비스에서는 서로를 약탈하기 위해 온갖 수작을 부렸었다.

그 과정에서 살아남은 자들은 텔레파시로 대화할 때 진실과 거짓을 구분하는 기술을 터득했다. 나중에는 그 기술을 무력화하기 위해 진실을 거짓처럼, 거짓을 진실처럼 말하는 기술도 누구나 구사할 수 있게 되었다.

'하긴 우리 같은 기술을 익혀야 할 이유가 없었겠지.'

지구에서는 그런 기술 자체가 필요하지 않았을 것이다.

구세록의 계약자들이 지닌 성좌의 힘은 인류의 수호자라고 자칭하기에 충분했다.

그리고 그들이 상대해야 하는 대적은 몬스터였지 인간이 아니었다. 인간 중에는 그들이 계략을 쥐어짜내야 할 만큼 위험한 존재가 없었을 테니까.

용우가 물었다.

"여긴 어디지?"

〈지도상에는 존재하지 않는 곳이지.〉

"왠지 난 여기랑 비슷한 곳을 아는 것 같은데."

〈해외여행 경험이 풍부한 모양이군.〉

"그럴 리가. 그저 게이트 안의 필드와 비슷한 느낌이 들었을 뿐인데?"

〈…….〉

잠시 침묵하던 미켈레가 웃었다.

〈감각이 예리하군. 그래, 여기는 게이트 안의 필드다.〉

순간 용우의 눈이 빛났다.

'역시 방심하고 있군.'

완전히 방심하고 있다. 용우를 다 잡은 물고기로 생각하기에 정보를 말해주는 데 거리낌이 없는 것이다.

이 정도는 말해줘도 상관없는 사소한 정보라고 생각한다.

혹은 중요한 정보라도 어차피 제압할 놈이기에 얼마든지 떠들어도 된다고 생각한다.

자신의 우위를 절대적으로 믿고 있기에 자연스럽게 오만해진다.

용우는 어비스에서 이런 부류를 여러 번 봐왔다.

"그랬군. 하지만 몬스터는 하나도 안 보이는데, 네놈들이 전부 처리하기라도 한 건가?"

〈헌터들이 처리했다.〉

"음?"

〈코어 몬스터를 잃은 게이트는 소멸하지. 하지만 잘 생각해 봐라. 공간이라는 게 문이 사라진다고 없어져 버리는 걸까?〉

"게이트가 사라질 뿐 그 안의 필드는 사라지지 않는다. 그리고 여기는 이미 제압된 게이트의 내부다……. 그런 건가?"

〈그렇지.〉

"흥미롭군. 아무래도 네놈들은 아주 아는 게 많은 것 같은데? 내가 누군지에 대해서도 그렇고."

〈차근차근 알려주지. 너를 무릎 꿇린 다음…….〉

순간 용우의 모습이 사라졌다.

―블링크!

그리고 가장 가까이 있던 팔라딘의 뒤를 잡았다.

―라이트닝 블로!

용우의 일권이 적의 등판에 꽂혔다.

쫘아아앙!

기습당한 팔라딘이 그대로 날아가 버렸다.

하지만 치명타는 되지 못했다. 팔라딘이 허공장을 견고하게 전개해 두고 있었기 때문이다.

'단단하다. 처음부터 기습당하는 것도 염두에 두고 있었던 거야.'

수적 우위를 믿고 방심하긴 했지만 그렇다고 용우의 전투 능력을 얕잡아보고 있는 것은 아니다.

콰아아앙!

그런 용우를 향해서 날카로운 얼음 칼날이 내리꽂혔다.

용우가 피하자 얼음 칼날이 꽂힌 자리에서 냉기가 폭발하면서 주변을 새하얗게 얼렸다.

〈블링크, 아직 전 세계에 단 한 명도 사용자가 없는 스펠인데 자유자재로 쓰니 참 골치 아프군.〉

물론 고스트, 아니, 구세록의 계약자 자신들은 제외한 이야기이리라.

용우는 소총을 들어서 마격탄을 갈겨주고는 다시 공간을 뛰어넘었다.

파지지지직!

정면에서 나타난 용우가 허공장으로 미켈레를 들이받았다.

일순간 허공장 잠식이 일어나면서 적의 허공장이 열렸지만…….

〈나한테는 안 통한다!〉

미켈레가 직접 조종하는 팔라딘은 허공장 잠식에 대응하는 기술을 갖고 있었다.

─용참격!

그러나 용우는 그러거나 말거나 나이프를 붙잡고 일격을 날렸다.

파아아앙!

허공장에만 집중하던 미켈레가 미처 대응하지 못하고 맞아버렸다.

충격으로 날아가는 그에게 용우가 소총을 겨누는 순간이었다.

—프리징 버스트!

또 다른 팔라딘이 전력으로 용우를 향해 투창 공격을 가했다.

콰아아아아아!

그 파괴력은 조금 전에 날아든 얼음 칼날과는 차원이 달랐다.

떨어진 지점이 충격으로 박살 나서 흩어지다가 거기서 터져 나온 냉기에 그대로 얼어붙었다. 마치 암벽 한쪽에 커다란 얼음 밤송이가 달라붙은 것 같은 기괴한 형상이었다.

쿠르르릉……!

그리고 무게를 이기지 못한 얼음이 부러지면서 바다 쪽으로 떨어져 내렸다.

'장갑 정도는 가능하겠군.'

용우는 그러거나 말거나 적들로부터 거리를 벌리고 장비를 교체하고 있었다.

아직 적들이 어떤 힘을 가졌는지 모른다. 거리를 벌렸다 해도 느긋하게 배틀 슈트를 갈아입을 여유까지는 없었다.

그러나 장갑 정도는 교체할 수 있다. 용우는 시공의 보물고를 열고 양쪽 장갑을 M슈트의 건틀릿 파츠로 교체했다.

〈촐랑촐랑 도망치는 솜씨가 일품이군. 일단 술래잡기를 끝내도록 하지.)

숲에서 장비를 교체하는 용우에게 적의 텔레파시가 들려왔다.

쿠우우웅……!

뭐라고 떠들어대든 무시하던 용우는 다음 순간 덮쳐온 마력 파동에 전율하지 않을 수 없었다.

'5등급 마수 수준?'

인간의 한계라고 일컬어지는 페이즈12의 마력은 4등급 몬스터 수준이다.

그런데 그것을 훨씬 뛰어넘는 마력이 분출되고 있었다.

용우는 위험을 감수하고 나무 위로 올라가서 마력 파동의 진원지를 보았다.

구구구구구……!

그리고 넋 나간 표정을 짓고 있는 동양인 청년이 변신하는 과정을 지켜보았다.

'또 하나가 추가되는 건가?'

용우는 곧바로 소총을 들어서 그 청년을 쏘았다.

—염동충격탄!

초음속으로 쏘아져 나간 푸른 에너지탄이 표적을 덮친다.

'이런.'

하지만 빗나갔다.

이곳에는 용우를 지원해 주는 시스템이 전혀 존재하지 않는다. 순수하게 소총의 전자식 스코프만을 의지해서 쏴야 하는 것이다.

그리고 용우는 그것만으로는 500미터 거리의 저격을, 그것도 급하게 쏴서 성공시킬 사격 실력이 없었다.

"큭……."

용우는 블링크로 거리를 좁힌 다음 제2격을 날렸다. 이번에는 제대로 목표한 지점으로 날아갔다.

퍼어어어엉!

하지만 청년을 감싸며 펼쳐진 허공장이 그 공격을 막아내었다.

그리고 허공에서 홀연히 출현한 물질들이 청년과 결합하면서 그의 모습이 급격하게 변해갔다.

지난번에 본 팔라딘의 변신 과정과 똑같다. 하지만 결과물은 달랐다.

"뭐야? 팔라딘 다음에는 천사야?"

팔라딘보다 훨씬 화려한 존재였다.

기본적인 디자인은 비슷하지만 머리 위에는 굵직한 빛의 고리가 떠서 일렁이고 있었고, 등 뒤로 분출된 하얀빛은 마치 펄럭이는 망토처럼 보였다.

〈정답이다. 이 그릇은 셀레스티얼.〉

그리고 조금 전까지만 해도 팔라딘에게서 들려오던 미켈레의 텔레파시가 새로운 존재, 셀레스티얼에게서 들려왔다.

'몸을 갈아탔나.'

팔라딘은 여전히 4명이다. 움직임이 멀쩡한 걸 보면 원래 주인에게로 제어권이 돌아간 모양이다.

'혐오스러운 놈이군.'

인간을 모르모트로 쓰는 것으로도 모자라서 그들의 의지를 박탈하고 자기 마음대로 조종하기까지 하다니.

자기는 전혀 위험을 감수하지 않는 안전지대를 확보하고 타인의 목숨을 멋대로 칼날 위에 올려두고 있지 않은가.

그 사실에 혐오감과 분노가 끓어올랐다.

〈자······.〉

셀레스티얼이 창을 들어 올리는 순간이었다.

그가 갑자기 중간 과정을 생략한 것처럼 용우 앞에 나타났다.

'블링크를 쓸 수 있었나!'

용우가 놀랐다. 팔라딘과 달리 셀레스티얼은 블링크를 쓸 수 있었던 것이다.

―프리징 필드!

셀레스티얼을 중심으로 냉기가 폭발했다.

2

화아아아악!

주변이 순식간에 새하얗게 얼어붙는다. 기습을 허용한 용우는 몸의 표면이 얼어붙는 것을 피할 수 없었다.

―블링크!

하지만 그 냉기가 뼛속까지 침투해 오기 전, 용우가 블링크로 그 자리를 이탈했다.

미켈레가 곧바로 블링크를 써서 따라붙었다.

투학!

용우의 발차기가 미켈레의 창과 격돌했다.

"큭……!"

미켈레가 그 자리에 그대로 서 있는 데 비해 용우는 멀찌감치 튕겨 나갔다.

착지한 후에는 균형을 잃고 비틀거리기까지 했다.

'젠장, 확실히 팔라딘보다 훨씬 강하군.'

창과 격돌한 다리가 하얗게 얼어붙어서 뼛속까지 냉기가 침투해 오고 있었기 때문이다.

〈이제 좀 생각이 바뀌었나?〉

미켈레는 빈틈을 드러낸 용우를 곧바로 덮치는 대신 여유로운 태도로 말을 걸어왔다. 마치 너 같은 건 언제든지 제압할 수 있다는 듯이.

"글쎄."

용우가 다리를 한 번 털자 체내로 침투해 왔던 냉기가 빠져나가면서 얼음이 부서져 떨어졌다.

'마력은 5등급 수준. 지금의 나보다는 약간 더 우위군. 저 빙설의 창 레플리카도 팔라딘의 것보다 성능이 뛰어나다. 아티팩트보다는 좀 떨어지는 것 같지만……'

용우는 빠르게 컨디션을 회복하면서 미켈레를 노려보았다.

〈아무래도 오직 고통만이 네게 진실을 알려줄 것 같군. 소원대로 해주마.〉

미켈레가 낮게 웃으면서 창을 들어 올렸다. 동시에 빛의 파문이 퍼져 나갔다.

—안티 텔레포트 필드!

그 스펠을 알아본 용우가 눈을 크게 떴다.

효과가 미치는 범위에서 공간 도약을 억제하는 스펠이었다.

완벽하게 차단할 수는 없지만 발동 속도나 효과가 크게 억제당한다. 공간 억제를 펼친 본인도 똑같은 제약을 받는다는 문제가 있지만 지금 상황에서는 상관없다.

블링크가 봉해져서 불리한 것은 용우지 그들이 아니었으니까!

"와……."

용우가 그를 보며 감탄성을 흘렸다.

그러자 미켈레가 조롱조로 물었다.

〈왜 그러나? 도망칠 구석이 막히고 나니 좀 후회되기 시작하나?〉

"…오랜만이야."

〈음?〉

"사람하고 싸우는 기분이 드는 것도 오랜만이야. 마지막 전투 후로는 처음인가."

용우는 겁먹기는커녕 씩 웃고 있었다.

"어디 인류를 지켜왔다는 고스트의 실력을 한번 볼까?"

―에너지 스킨!

용우가 몸 위로 얇은 에너지막을 덧씌우는 스펠을 걸었다. 근접전투원들이 애호하는 스펠로 갑옷보다도 단단한 방어력을 제공한다.

―마인드 부스트!

그리고 용우가 인지 속도를 가속하는 스펠을 걸면서 돌진했다.

—피지컬 부스트!

곧바로 또 하나의 가속 스펠이 발동된다.

한차례 가속한 인지 속도가 2배 더 빨라지고, 육체 역시 동일한 속도로 가속되었다.

〈가속 스펠을 믿었나? 어리석군!〉

그러나 가속 스펠은 미켈레 역시 쓸 수 있었다. 그 역시 피지컬 부스트로 가속하면서 용우에게 창을 내질렀다.

투학!

다음 순간, 미켈레가 휘청거렸다.

'뭐지?'

분명히 용우에게 창을 겨누고 찌르기를 날렸다.

그리고 그의 창과 용우의 양손 대검이 충돌하는 순간, 갑자기 용우가 시야에서 사라졌고 충격이 그의 어깨를 강타했다.

무슨 일이 일어난 것인지 모르겠다. 하지만 공방을 벌이는 와중에 가만히 멈춰 서 있는 것은 치명적이었다.

—프리징 필드!

그가 일단 창을 크게 휘두르면서 냉기 파동을 폭발시켰을 때였다.

폭발하는 냉기를 뚫고 그 앞에 불쑥 권총의 총구가 들이밀어졌다.

—마격탄!

에너지탄 한 발이 그의 머리통을 때렸다.

허공장 때문에 에너지탄이 직접 닿지는 않았다. 하지만 맞은 충격 때문에 머리가 확 꺾이고 말았다.

―용참격!

용우가 시퍼런 빛을 발하는 나이프로 미켈레의 몸통을 갈랐다.

파지지지직!

그러나 미켈레의 반응이 빨랐다. 허공장을 전면에 집중시켜서 그 공격을 튕겨내는 게 아닌가?

"제법이군!"

〈이놈!〉

반동으로 물러나는 용우를 미켈레가 창으로 찔러 버렸다.

휘이이이잉!

그러나 그 창격에는 아무것도 걸리지 않았다.

'이건……!'

순간 미켈레는 용우가 쓴 트릭이 뭔지 깨달았다.

하지만 한발 늦었다.

―라이트닝 블로!

아무것도 보이지 않는 허공에서 발생한 뇌전이 강렬한 타격과 함께 미켈레의 몸통에 꽂혔다.

〈커억……!〉

타격점을 따라서 뇌전이 체내로 침투하는 일격은 미켈레에게도 제대로 먹혔다.

용우가 폭 숙여지는 미켈레의 머리 옆을 후려갈겼다.

콰아앙!

폭음이 울리며 미켈레의 목이 확 꺾였다.

용우가 추가타를 날리려는 순간, 미켈레가 스펠을 발했다.

―파이어 필드!

화아아아악!

그를 중심으로 화염이 폭발했다.

용우는 허공장을 강화해서 그것을 막아냈지만 밀려나는 건 어쩔 수 없었다.

〈은신과 환상으로 장난을 치다니! 쳐 죽여주마!〉

동시에 그가 스펠을 발했다.

―섀도우 그랩!

은신이나 환상을 파괴하는 스펠이다.

그와 마주하고 있던 용우의 뒤쪽에서 또 다른 용우가 나타났다.

지금까지 그가 보고 있던 용우는 스펠로 만들어낸 환상이고 진짜는 은신 스펠로 모습을 감추고 있었던 것이다. 보는 것과 실체가 어긋나니 속수무책으로 당할 수밖에.

〈이제 그 짓거리는 통하지 않는다.〉

"마술 트릭 하나 간파했다고 의기양양하셨군?"

용우가 씩 웃었다.

"뭐, 네 실력은 대충 다 봤다. 그럼 본격적으로 놀아볼까?"

〈소원대로 해주지.〉

이번에도 먼저 뛰어든 쪽은 용우였다.

미켈레가 창을 내지른다. 창술만은 제대로 익혔는지 단순히 빠르기만 한 게 아니라 절도가 있었다.

그러나 용우는 마치 찌르기의 타이밍을 알고 있었던 것처럼 그 앞에서 멈춰서더니 엇박자로 파고들었다.

투학!

일권이 몸통을 때렸다.

—라이트닝 블로!

뇌전이 폭발하면서 미켈레의 몸이 튀어올랐다.

미켈레는 뒤로 펄쩍 뛰면서 거리를 벌렸지만 용우는 주저 없이 쫓아 들어온다. 그리고…….

투학!

똑같은 과정이 반복되었다.

〈이, 이게 대체……?〉

미켈레는 이해할 수 없다는 듯 혼란스러워했다.

자신의 몸이 아니기에 고통은 미미했다.

애당초 팬텀을 통해서 팔라딘과 셀레스티얼을 만든 이유가 각 성자의 시신에 빙의하는 것보다 부담을 줄이기 위해서였으니까.

통증은 어디까지나 조종하는 그릇의 상태를 파악하기 위한 신호 수준에서만 받아들이고 그 이상은 차단해 버린다.

그것은 즉 일반적으로는 반응할 수 없는 상황에서도 반응한다는 것이다. 뇌가 흔들리는 타격을 받았을 때도 사고가 끊이지 않고 반응하는 게 가능하다.

그렇기에 연타를 맞지 않고 빠져나올 수 있었는데…….

투콱!

빠져나오면 또 맞는다.

공방의 흐름이 일방적이다. 미켈레가 뭘 어떻게 하려고 해도 용우와의 거리를 벌리지 못하고 두들겨 맞았다.

〈무슨 수작을 부리는 거냐!〉

미켈레는 자신이 일방적으로 당하는 상황을 이해할 수 없었다. 납득할 수도 없었다.

'확신했다.'

그런 그를 보며 용우는 싸늘하게 웃었다.

'이놈은 괴물 사냥꾼이야. 그뿐이다.'

미켈레가 조종하는 셀레스티얼의 힘은 훌륭하다.

마력과 내구도 면에서는 지금의 용우를 능가한다.

그러나 그뿐이다.

미켈레에게는 대인전 기술이 없다.

각성자로서 각성자를 상대해서 철저하게 부수고 죽이기 위한 노하우가 존재하지 않는다.

'타락체까지 나올 것도 없어. 언데드만 나와도 부족함을 통감하게 될 거다.'

어비스의 지옥 같은 3년, 그 하반기부터 등장한 최악의 적들.

죽은 자를 일으켜 세우는 언데드.

인간보다 강하고, 인간만큼 영리한 타락체.

이들과의 싸움은 단순히 강한 몬스터와의 싸움이 아니었다.

몬스터의 강점과 인간의 강점을 융합시킨 재앙과의 싸움이었다.

그 싸움 속에서 어비스의 각성자들은 배울 수밖에 없었다.

인간을 사냥하는 법을.

그리고 그들이 터득한 기술은 언데드와 타락체를 사냥하는 경우에만 쓰인 것이 아니었다.

〈크억!〉

또다시 일격이 들어갔다.

용우가 쓰는 수법은 간단하다.

허공장을 이용해서 위치와 간격을 착각하게 만들고 있는 것이다.

체외 허공장 사용자끼리 격투전으로 맞붙을 때는 일반인이 싸우는 것과는 전혀 다른 개념이 추가된다.

바로 서로의 허공장이 맞부딪칠 때의 반응이다.

이로 인해 그들은 일반인과는 전혀 다른 간격 개념을 갖게 된다. 허공장이 전개된 범위가 자신이 사수해야 하는 거리라고 여기는 것이다.

그러니 그들의 의식은 허공장이 반응할 때, 거기에 집중할 수밖에 없었다.

투학!

용우는 그 점을 이용해서 미켈레를 농락하고 있었다.

허공장의 범위를, 형태를, 밀도를, 심지어 얇게 만들어서 여러 겹으로 펼치기까지 하면서 미켈레가 자신이 의도한 타이밍에 반응할 수밖에 없도록 만든다.

그리고 그 타이밍을 엇박자로 찌르고 들어가서 정타를 넣고 있는 것이다.

'역시 이놈들은 인간이야.'

또다시 일권으로 미켈레의 머리를 때리면서 용우가 싸늘하게 웃었다.

미켈레는 자존심이 대단히 강한 인물이다.

일방적으로 당하고 있는 상황이지만 그에게는 아주 손쉽게 상황을 타파할 수 있는 수단이 있다.

대기 중인 4명의 팔라딘에게 합공을 명하기만 하면 된다.

그러나 그는 자존심 때문에 그 수단을 고르지 않고 있었다. 자신이 압도적으로 우위라고 믿기 때문에 어떻게든 스스로 이 상황을 뒤집지 않고서는 직성이 풀리지 않는 것이다.

"진짜 튼튼하군. 튼튼하기로는 몬스터 저리 가라인데?"

〈닥쳐라!〉

이 정도로 두들겨 맞았는데도 미켈레의 전투 능력은 거의 떨어지지 않은 것 같았다.

─프리징 필드!

그가 찌르기를 가하는 척하면서 한기 파동을 폭발시켰다.

"또 그거냐?"

그러나 용우는 마치 자신을 집어삼키는 한기 파동이 허상에 불과한 것처럼 뚫고 들어왔다.

〈아니?!〉

─용참격!

어느새 뽑아 든 나이프에서 시퍼런 에너지 칼날이 뿜어져 나오더니 미켈레가 조종하는 셀레스티얼의 몸통을 갈랐다.

콰지지지직!

셀레스티얼의 몸통이 부서지면서 기다란 균열이 생겼다.

그 균열 안으로는 아무것도 보이지 않는다. 시커먼 어둠이 피처럼 뿜어져 나올 뿐이다.

〈크으윽, 이, 이 자식……!〉

용우는 싸늘하게 웃으며 그를 바라보았다.

열기나 냉기, 뇌전처럼 한 가지 속성에 특화된 적은, 용우에게는 비교적 싸우기 쉬운 편이다. 각 속성에 특화된 방어 스펠들이 존재하기 때문이다.

'군주 개체들과는 달리 다른 속성의 스펠도 얼마든지 쓸 수 있겠지. 하지만 빙설의 창 덕분에 한기 계통 스펠이 가장 위력이 크고 쉽게 쓸 수 있어서 극단적인 의존성을 보인다.'

그 또한 지극히 인간적인 심리다.

용우는 상대가 인간임을 확신한 순간부터 하나하나 착실하게 약점을 찔러 궁지에 몰아넣고 있었다.

'무엇보다 이놈들이 구현한 방식은 지휘관 개체처럼 완전하지 않아. 시간 차가 있다.'

전투를 수행하면서 관찰한 결과, 용우는 그들에게서 치명적인 약점 하나를 발견했다.

저것은 마치 인간이 게임 캐릭터를 조종하는 것과 같은 상황이다.

상황을 파악하고, 명령을 내리면 캐릭터가 그것을 수행하기까지 미세한 시간 차가 존재한다.

결코 긴 시간은 아니다. 그러나 미미하나마 용우가 인식할 수 있는 시간 차가 존재한다는 것만으로도 문제다.

게임을 할 때야 서로 동등한 조건을 갖추고 있으니 괜찮다. 게임이 아니더라도 상대가 몬스터거나, 아니면 성능만으로도 압살

할 수 있는 상대라면 문제없다.

하지만 용우는 그중 어느 조건에도 해당하지 않는다. 그들이 지금까지 약점이라고 느끼지 못한 것이 용우 앞에서는 치명적인 약점이 되고 만다.

문득 용우가 중얼거리듯이 물었다.

"너희들 본체도 마찬가지일까?"

〈뭐라고?〉

미켈레 입장에서는 뜻 모를 물음이었다.

용우도 대답을 바라고 한 질문이 아니라 혼잣말을 했을 뿐이다.

'그렇다면 고스트 본체가 이거보다 강해봤자 그뿐이겠는데.'

용우는 그렇게 생각하며 끝내기 단계에 들어갔다.

쾅!

갑자기 미켈레의 몸이 크게 한쪽으로 기울었다.

〈뭐, 뭐지······?〉

미켈레가 당황했다.

갑자기 오른쪽, 귀 바로 앞에서 폭음이 터진 것 같았다.

자기 몸이 아니기에 고막이 찢어지거나 청각이 망가지지는 않는다. 하지만 놀라서 몸이 반응하는 것만은 어쩔 수 없었다.

그리고 용우는 그 틈을 놓칠 만큼 어리숙하지 않았다.

콰직!

시퍼런 빛을 발하는 용우의 나이프가 미켈레의 몸통을 깊숙이 찔렀다.

〈크어······!〉

미켈레의 고통스러운 신음을 들으며 용우가 이를 드러내며 웃었다.

쉬운 싸움이었다.

미켈레는 강한 인간과 싸우는 법을 몰랐고, 자신의 약점을 몰랐다. 치명적인 약점이 하나도 아니라 여럿이라는 사실을 알았다면 자존심을 내세우지는 않았을 것이다.

'타인의 목숨을 희생시켜 가면서 원격조종을 택한 시점에서, 네 한계는 뻔했다.'

자기 목숨은 아깝지만 그래도 자기 손으로 직접 혼내주는 기분은 맛보고 싶다.

그런 이유로 타인의 목숨을 희생시켜 가면서, 그 몸을 강탈해서 원격조종한다.

목숨이 위협받는 공포가 싫고, 자기가 고통받는 것도 싫지만 그러면서도 자기 손으로 직접 상대를 짓밟는 실감과 쾌감만은 누리겠다.

이 얼마나 비겁하고 추악한 태도인가?

용우는 그로 인한 허점을 용서 없이 찔렀다. 그가 쓴 수법은 미켈레의 몸이 본인의 몸도 아니고 갑옷 형태이기에 알아차리기 어려운 속임수였다.

마력을 가공해서 만들어낸 투명한 젤을 미켈레를 때리면서 붙여두었다.

그리고 그 젤을 수신기로 이용해서 골전도 이어폰과 비슷한 방식으로 소리를 발생시켰다.

〈이래봤자 소용없다……!〉

미켈레가 으르렁거리는 소리를 내며 용우에게 손을 뻗었다.

이것은 어차피 자기 몸이 아니다. 용우를 붙잡고 자폭할 수도 있는 것이다.

"그런 식으로 나올 줄 알았다."

용우가 씩 웃었다.

미켈레는 그 웃음을 보며 불길함을 느꼈다. 이놈이 또 뭘 하려는 것일까?

—아스트랄 플레어!

그 답은 곧바로 알 수 있었다.

〈그아아아아아아악!〉

몸을 찌른 나이프에서 투명한 청색 불꽃이 폭발하면서, 상상도 못 한 격통이 그의 정신을 강타했던 것이다.

3

용우는 멀리서 자기 몸이 아닌 다른 몸을 움직이는 적을 몇 번이나 상대해 보았다.

심지어 그 자신이 그렇게 싸워본 경험도 있었다.

그렇기에 용우는 그 유용함의 이면에 따라오는 한계를 잘 안다.

'무인 병기처럼 편하기만 한 존재가 아니지.'

철저하게 자율성을 지운 인간을, 기계도 아닌 생명체를 자기 몸처럼 완벽하게 조종한다.

그것이 쉬운 일일 리가 없지 않은가?

목숨을 잃을 걱정은 없다고 해도 제대로 이용해 먹기 위해서는 어느 정도 리스크를 져야 한다.

만약 그 일에 리스크가 없다고 믿는다면, 그건 아직 자신이 무슨 일을 하고 있는지도 잘 모르는 것이다.

용우는 적에게 무지의 대가를 알려줄 생각이었다.

"어때? 마땅히 따라와야 할 고통에 발목을 잡힌 심정은?"

〈이, 이놈, 죄인 주제에……!〉

적은 격통에 시달리면서도 정신을 잃지 않았다.

그와 시선이 마주치는 순간, 용우는 씩 웃으며 뒤로 물러났다.

퍼어어어엉!

미켈레의 전신에서 충격파가 터져 나왔기 때문이다.

동시에 그때까지도 대기 중이던 팔라딘 4명이 움직이기 시작했다.

팔라딘들이 일제히 용우를 향해 공격 스펠을 쏟아내자 한기와 충격파가 덮쳐왔다.

콰콰콰콰콰!

하얀 폭발을 뚫고 용우가 뛰쳐나왔다.

'역시 화력은 만만치 않군.'

용우가 한기를 무시하는 방어 스펠을 가졌음을 알고 충격을 터뜨리는 스펠을 병행했다. 영리한 선택이었다.

콰광! 콰과과과과!

연달아 폭발이 일어난다.

하지만 용우는 그 모든 공격을 곡예에 가까운 움직임으로 회

피했다. 그러면서 팔라딘에게로 다가갔다.

거리가 20미터 이내로 줄어들었을 때, 용우가 아공간에서 한 자루 창을 꺼내서 잡았다.

철저하게 투창용으로 설계된, 통째로 금속으로 만들어진 창이었다.

—초열투창(焦熱投槍)!

굳이 전력을 다해 던질 필요도 없었다. 가벼운 동작만으로도 창은 붉은빛에 휘감겨 무시무시한 속도로 발사되었다.

콰아아아아앙!

폭음이 들려왔을 때는 이미 팔라딘의 몸통이 창에 꿰뚫린 후였다.

'하나.'

일격으로 팔라딘을 처치한 용우가 몸을 돌렸다.

그의 뒤를 쫓아온 팔라딘 둘이 동시에 공격을 가했다.

—구전광(球電光)!

구체형 뇌격이 날아들어서 폭발하는 것과 거의 동시에 또 다른 팔라딘이 공격을 가했다.

—염동충격탄(念動衝激彈)!

푸른 에너지탄이 초음속으로 날아든다.

꽈아아아아앙!

하지만 그 스펠들은 팔라딘들이 의도한 지점에서 폭발하지 않았다.

용우가 허공장을 변형시켜서 비켜냈기 때문이다.

그래도 팔라딘들은 멈추지 않았다.

콰직!

용우가 내지른 나이프에서 뻗어나간 에너지 칼날이 팔라딘의 몸통을 찔렀다.

파지지지직!

그래도 그들은 멈추지 않는다.

용우와 팔라딘 2명의 허공장이 충돌하면서 격렬한 스파크가 튀었다.

'이런.'

용우는 섬뜩함을 느꼈다.

이런 상태로 얽히는 것과 동시에 저편에서 어마어마한 마력 파동이 뿜어져 나왔기 때문이다.

〈죽어라, 이레귤러.〉

미켈레가 조종하는 셀레스티얼의 머리 위에서 천사의 고리가 몇 배로 커지면서 확장되었다.

팔라딘을 희생양으로 던져주고 최대 파괴력의 공격으로 용우를 말살하려는 것이다.

'이까짓 걸로?'

용우가 코웃음을 치는 순간이었다.

콰직!

용우와 미켈레 모두 예상치 못한 소리가 울려 퍼졌다.

〈이건……?〉

미켈레가 경악하며 자신의 몸을 내려다보았다.

순백의 에너지 칼날이 그를 꿰뚫고 있었다.

〈네놈이 어떻게 여길……?〉

미켈레가 칼날이 날아든 곳을 바라보았다.

그곳에는 순백의 표면 위로 황금과 백은으로 복잡한 패턴의 무늬를 양각(陽刻)해 넣은 화려한 갑옷을 입은 존재가 눈부신 빛을 발하는 검을 들고 있었다.

용우와도 한 번 만났던 순백의 고스트.

구세록의 계약자이며 이계의 성좌 광휘의 검의 힘을 받은 자, 다니엘 윤이었다.

〈장난이 지나쳤다, 망상병자.〉

〈이 자식⋯⋯!〉

〈앞으로 네 쓰레기 같은 조직이 멀쩡할 거라고 기대하지 마라. 이젠 한국 밖으로 철수하든 말든 상관없어. 용서는 없다.〉

싸늘하게 말한 그가 손가락을 튕겼다.

그러자 셀레스티얼을 관통한 에너지 칼날이 폭발했다.

콰아아아아아앙!

그것으로 셀레스티얼이 산산조각으로 부서졌다.

동시에 다니엘 윤이 사라졌다.

파악!

미켈레가 조종하던 셀레스티얼이 파괴되면서 안티 텔레포트 필드도 해제되었다.

다니엘 윤은 블링크로 공간을 뛰어넘어서 팔라딘을 두 조각 내버렸다.

별도의 스펠을 쓸 것까지도 없다. 압도적인 출력의 허공장으로 찍어 누르면서 광휘의 검을 내려치는 것만으로도 팔라딘을 끝장낼 수 있었다.

순식간에 팔라딘들을 처리한 다니엘 윤이 말했다.

〈이번 일을 사전에 막지 못한 것, 미안하다.〉

"……"

용우는 가만히 그를 바라보았다.

다니엘 윤이 말을 이었다.

〈이런 일이 벌어진 이상 믿어주지 않겠지만… 우리들, 구세록의 계약자들 모두가 너를 적대하는 건 아니다.〉

"눈 가리고 아웅처럼 보이는군. 팔라딘을 처리한 것도 내가 조사하지 못하도록 입막음을 한 거 아닌가?"

〈그렇게 의심한다 해도 어쩔 수 없지. 하지만 내 마음은 전에 만났을 때와 같다. 너와 적이 되고 싶지 않군.〉

"세상일이 마음먹은 대로 된다면 인간이 아니라 신이겠지. 팬텀 같은 조직을 만든 이상 네놈들은 절대 나와 공존할 수 없어."

용우가 서늘한 살기를 뿜어내었다.

다니엘 윤이 말했다.

〈나는 팬텀과 관련이 없다.〉

"그 말을 믿으라고? 설득력이 있다고 생각하나?"

〈네가 내 말을 믿게 할 수만 있다면 무엇에든 맹세하고 싶군. 그러지 못하는 게 안타까울 뿐이야.〉

용우는 가만히 다니엘 윤을 노려보다가 물었다.

"지난번에 내게 안 해준 이야기가 있었더군."

〈그놈이 이야기했나?〉

"다 잡은 물고기 취급을 하면서, 의기양양하게."

〈그런 놈이지. 내게 묻고 싶은 게 있나?〉

"놈은 말했다. 어비스로 파병된 24만 명은 처음부터 죽을 운명이었다고. 그리고 죽음으로 의무를 다함으로써 각성자 튜토리얼을 여는 초석이 되었다고. 그게 너희들이 믿는 진실인가?"

〈…그렇다. 전에 말했던 대로 어비스에 소환된 자들은 몬스터들이 게이트라는 현상을 통해 지구에 도달하기 전에 요격하기 위해 투입된 선행 부대였다. 하지만 그들에게 주어진 임무는 그것만은 아니었지.〉

그 말에 죽 용우의 머릿속 한구석에 있던 추측이 확신으로 변했다.

"우리는… 제물이었군. 그렇지? 24만 명을 제물로 삼아서, 인류를 지키기 위한 각성자 튜토리얼이라는 게 구축된 거였어."

〈…….〉

"하하하……."

용우의 입에서 메마른 웃음소리가 울려 퍼졌다.

인간을 제물로 바쳐서 지구에 초현실적인 힘을 내린다.

각성자들이 괴물과 싸우는 이 시대에도 허무맹랑하게 들리는 소리였다.

그러나 어비스를 경험한 용우에게는 너무나 쉽게 납득이 되는 이야기였다.

왜 어비스에서는 인간이 인간을 죽였을 때 더 큰 힘을 얻을 수 있었을까?

어째서 어비스의 핏빛 하늘에 7개의 성좌가 나타난 후로는 인간 하나가 죽을 때마다 그 영혼을 받은 성좌가 아바타를 내려줬을까?

그것을 볼 때마다 용우가 느낀 것은 틀리지 않았다.

모든 것은 인신 공양이었다.

더 빨리, 더 많은 인간을 제물로 바치도록 유도한 것이다.

서로를 죽이는 것이 이득이 되도록.

한 사람을 죽임으로써 절망적인 전황을 타개할 수 있도록.

"웃기지 마……!"

용우가 웃음을 뚝 그쳤다. 그의 전신에서 살기가 뿜어져 나왔다.

"그딴 수작을 부린 건 누구냐? 이 모든 것을 시작한 놈은 누구지? 너희들인가?"

〈우린 그저 선택받았을 뿐이다.〉

"그럼 너희를 선택한 건 누구일까? 인간일까, 아니면 신일까?"

〈그건 아무도 모른다. 우리는 구세록이 이계에서 날아온 지침서라고 생각한다.〉

그 말에 격정을 못 이기고 당장에라도 다니엘 윤을 공격할 기세였던 용우가 움찔했다.

"지침서?"

〈이미 멸망한 세계에서, 앞으로 멸망할 세계를 위해 보낸… 멸망을 이겨내기 위한 지침서라고 생각했다. 구세록의 구절들을 예언이라고 믿은 이도 있었지만, 내가 보기에 그건 기록이고 경고였다. 장차 그런 일이 벌어질 테니 대비하라는 뜻이었지.〉

"……."

〈각성자 튜토리얼이라 불리는 현상은 총 열두 개의 문으로 이루어져 있다. 일곱 개의 문이 열렸고, 앞으로 다섯 개가 남았지.〉

그 말은 의미심장하게 들렸다. 용우에게는 특히.

2년에 한 번씩 열리는 각성자 튜토리얼에 소환되는 인원의 수는 2만 명.

12번이라면 소환되는 총인원은 24만 명이다.

어비스에 소환되었던 인원과 똑같아진다.

〈마지막 문이 열린 후에 찾아올 결말이 어떤 것인지, 우리는 모른다. 다만 그 전까지 계속해서 더 위협적인 재앙이 인류를 노린다는 것을 알 뿐.〉

"책임질 놈들은 이미 죽었다. 우리들 24만 명은 의지도 감정도 없는, 멸망한 이계 놈들이 만들어낸 시스템에 희생당했을 뿐이다. 그렇게 말하고 싶으냐?"

〈…….〉

다니엘 윤은 대답 대신 한 걸음 물러났다.

〈부디 인류에게 필요한 존재로 남아 있어다오, 0세대 각성자.〉

그는 더 이상의 대화를 거부하고 텔레포트로 사라졌다.

용우는 굳이 그를 막지 않았다.

"하하하하하……."

대신 얼굴을 감싸 쥐며 미친 듯이 웃음을 터뜨렸다.

그 웃음에 담긴 감정이 어떤 것인지 스스로도 알 수 없었다.

말로 하기에는 너무 많은 감정이 담겨 있었다.

한참 동안 웃던 용우는 붉게 충혈된 눈으로 하늘을 올려다보며 말했다.

"그래. 우리의 원한을 받을 책임이 있는 놈이 없을 수도 있지. 세상은 이렇게나 빌어먹을 곳이니까. 하지만……."

용우의 전신에서 강렬한 마력 파동이 일어났다.

"지금 당장 내 손에 죽어야 할 놈은 있다."

용우는 살기등등한 모습으로 뭔가를 준비하기 시작했다.

그리고 잠시 후, 모든 준비를 마친 용우 앞의 공간이 찢어지듯 새카만 구멍이 나타났다.

＊   ＊   ＊

구세록의 계약자, 미켈레는 그가 사는 이탈리아에서 딱히 눈에 띄는 사회적 지위가 없었다.

팬텀이라는 범죄 조직을 운영하지만 그 조직원 리스트에 이름을 올려두고 있지는 않다. 팬텀 조직원 중에 미켈레의 진짜 얼굴을 아는 사람은 아무도 없고, 성좌의 힘으로 변신한 모습으로만 조종해 왔다.

그러니 다른 사람들이 보기에는 부모 재산 물려받아서 놀고먹는 한량일 뿐이다. 그리고 미켈레는 굳이 그런 시선을 부정할 필요를 느끼지 못했다. 그편이 활동하기 편했으니까.

"……."

서재에서 눈을 뜬 미켈레는 한동안 정신을 차리지 못하고 멍하니 있었다.

거금을 들여서 개조한 그의 집은 방음이 아주 잘된다.

안에서 누가 비명을 질러도 밖에서 듣지 못할 정도다.

미켈레는 그래서 다행이라고 생각했다.

그렇지 않았다면 용우에게 의표를 찔러서 비명을 질렀을 때 이웃의 누군가가 알아차렸을 테니까.

"다니엘, 그 불신자 새끼가……!"

잠시 후 정신을 차린 그가 주먹으로 책상을 내려쳤다.

콰직!

고급스러운 원목 책상이 그 충격을 버티지 못하고 부러져서 주저앉았다.

"으아아아아아!"

그는 그러고도 성이 안 풀리는지 길길이 날뛰면서 서재를 때려 부쉈다.

자기가 이 서재를 꾸미려고 투자한 돈과 노력 따위는 지금 머릿속에 존재하지 않았다.

지지직…….

날뛰던 그를 멈추게 한 것은 통증이었다.

오른손에 전류가 흐르는 것 같은 통증이 느껴졌다.

"으윽."

미켈레는 표정을 일그러뜨리며 오른손을 붙잡았다.

지난번, 팬텀 검거 작전 때 용우와 싸웠을 때보다 훨씬 강렬한 통증이었다. 그 사실이 미켈레에게 묘한 불안감을 안겨주었다.

"용서 못 한다……!"

미켈레는 통증을 떨쳐 버리듯이 주먹을 강하게 쥐면서 마력을 일으켰다.

그는 각성자 튜토리얼에 다녀온 적이 없다. 그럼에도 각성자였다.

성좌의 힘으로 스스로의 몸을 각성자로 개조했기 때문이다. 팬텀에서 이뤄지는 실험들도 그 경험을 바탕으로 하고 있었다.

"더 이상의 기회는 없다. 다음번이 네 죽음의 날이다, 이레귤러……!"

미켈레는 서용우에 대한 증오를 불사르며 이를 갈았다.

"셀레스티얼과 팔라딘의 조합으로 부족하다면, 강림할 수밖에 없겠지."

팬텀의 연구 성과로는 서용우를 쓰러뜨리지 못했다.

다니엘 윤의 개입만 없었다면 가능했을지도 모르지만, 다시 같은 전력으로 싸운다면 승산이 희박해 보였다.

"어차피 불신자 놈의 눈을 피할 수 없다면 스페어를 써서 단번에……."

미켈레가 중얼거리며 생각을 정리할 때였다.

구우우우웅……!

갑자기 둔중한 소리가 울려 퍼지면서, 그의 뒤쪽에서 검은 스파크가 튀었다.

물리적으로 존재할 리 없는 현상이었다.

미켈레는 놀라서 뒤를 돌아보았다.

'오버 커넥트? 어떤 놈이? 설마 다니엘 윤 그 불신자 새끼가?'

그가 경악할 때였다.

그 구멍에서 튀어나온 손이 그를 붙잡고 구멍 속으로 그를 끌고 들어갔다.

그리고 순식간에 구멍이 닫히면서 아무런 흔적도 남지 않았다.

Chapter21

오만과 착각

1

다니엘 윤은 눈을 떴다.

"음……."

빙의, 미켈레를 비롯한 몇몇은 '강림'이라 불리는 권능을 쓰고 나면 마치 생생한 악몽에서 깨어났을 때와 비슷한 몽롱함과 혼돈에 사로잡힌다.

그 혼돈은 실로 불쾌하고 피곤한 것이다.

자신이 누구인지조차 모르게 되는, 그대로 사라져 버릴 것 같은 위기감이 느껴진다.

'결국 스페어를 써버렸군. 미켈레, 그 망상병자 때문에…….'

그가 정신을 차릴 때까지는 시간이 좀 걸렸다.

구세록의 계약자는 각성자의 시신에만 빙의할 수 있다.

그러나 그 시신은 반드시 게이트 안에서 죽은 자에만 국한되지 않는다. 어디에 있든 각성자의 시신이기만 하면 된다.

그래서 구세록의 계약자들은 급할 때를 대비해서 각성자의 시신을 구해두었다.

그들 역시 용우처럼 아공간을 다루는 스펠 '시공의 보물고'를 쓸 수 있었기에 시신을 구하기만 하면 보관은 어렵지 않았다.

한숨을 쉰 다니엘 윤은 현실이 아닌 다른 공간으로 의식을 날려 보냈다.

"미켈레는 저지했다."

구세록의 계약자들이 모이는 정보 공간으로.

그곳에는 미켈레를 제외한 6명이 모여 있었다.

"미켈레는?"

"방구석에 처박혀서 술이라도 마시고 있겠지. 그놈 성질 잘 알면서."

키득거리며 말한 것은 엔조 모로였다.

다니엘 윤이 그를 쏘아보며 말했다.

"네놈이 지금 웃고 있을 때가 아닐 텐데?"

"무슨 뜻이지?"

엔조 모로가 표정을 굳혔다.

다니엘 윤이 말했다.

"스페어를 쓰는 김에 네놈들이 애지중지하는 팬텀의 연구 시설 몇 개를 날려줬는데, 어디 손실이 얼마나 되는지 확인해 보시지."

"……!"

경악의 정신파가 번져 나갔다.

그 진원지는 프랑스인 엔조 모로와 대만인 허우룽카이였다.

이 둘이 미켈레와 함께 팬텀을 만들고 운영하고 있는 멤버였던 것이다.

엔조 모로가 이를 갈았다.

"다니엘……!"

"한국에서 냉큼 꺼지라고 했을 때 말을 들었어야지. 그리고 이걸로 끝이라고 생각하지 마라. 앞으로 빙의할 때마다 여가 활동 삼아서 팬텀의 주요 시설을 박살 낼 생각이니까. 그게 미켈레의 장난질에 협력한 대가다."

엔조 모로는 미켈레가 서용우를 납치해서 공격하는 것을 다른 계약자들에게 감추려고 했다.

하지만 그 시도는 실패로 돌아갔다.

다니엘 윤은 미켈레에게서 위험한 조짐을 느낀 순간부터 그를 감시하고 있었기 때문이다.

엔조 모로가 미켈레를 향한 시선을 가리는 것이 오히려 미켈레가 용우를 향한 행동을 시작한다는 것을 다니엘 윤에게 알려 주는 꼴이 되고 말았다.

엔조 모조와 허우룽카이가 다니엘 윤을 죽일 듯이 쏘아보았다.

다니엘 윤이 같잖다는 듯 물었다.

"노려보면 어쩔 건데?"

"끝장을 보자, 이거냐? 네놈이 그렇게 나오면 한국이라고 무사할 것……."

"경고하지. 한국 헌터계를 대상으로 장난질을 치는 순간부터 경고도 협상도 없다. 팬텀만이 아니라 프랑스와 대만도 같이 망하자는 뜻으로 받아들이지."

"……."

엔조 모로가 움찔했다.

그때 카르타가 끼어들었다.

"그쯤 해둬. 엔조 모로, 허우룽카이."

그녀는 경멸을 담아 말했다.

"지금까지 팬텀을 묵인해 준 것만으로도 너희들에게 지나치게 관대한 처사였다."

어쨌거나 그들은 함께 인류를 지켜온 동지였다.

도덕적으로 용서받을 수 없는 짓을 한다 해도 그들의 역할이 너무나 크기에 무슨 짓을 하든 내버려 둘 수밖에 없었다.

하지만 그들은 넘어서는 안 되는 선을 넘었다.

팬텀은 다니엘 윤이 소중하게 지켜온 한국에 진출해서는 안 되었다.

"한국을 건드린 시점에서 너희들은 다니엘 윤이 팬텀을 없애 버려도 할 말이 없는 처지가 된 거야. 이번 건은 명백히 너희들의 과실이야. 다니엘 윤과 싸우겠다면 나는 다니엘 윤 편에 서겠다."

"나도 동감이다."

"싸우든 말든 상관없는데 나한테 피해만 안 오게 해."

다른 계약자들이 한마디씩 했다.

분위기가 이렇게 되자 엔조 모로와 허우룽카이는 분한 마음을 삼킬 수밖에 없었다.

                    *   *   *

　오버 커넥트가 만들어낸 검은 구멍 안으로 끌려들어 오는 순간, 미켈레는 경악에 휩싸여서 아무것도 못 하고 있었다.

　'역시 다니엘 윤, 그놈인가? 젠장!'

　그 말고는 자신을 오버 커넥트로 납치할 만한 인물이 떠오르지 않았다.

　그런데 그때였다.

　푹.

　그의 서재와 이어진 반대편 워프 게이트로 떨어지는 순간, 칼날이 그의 몸통을 뚫고 나왔다.

　"……!"

　생각지도 못한 기습에 미켈레는 비명조차 지르지 못했다.

　그런 그의 귓가에 대고 속삭이는 목소리가 있었다.

　"나는 네놈과 달라서 별로 관대하지 못하거든. 선택의 기회 따윈 없어."

　"네, 네놈은……!"

　그 목소리가 용우의 것임을 깨달은 미켈레가 경악했다.

　어떻게 이럴 수가 있단 말인가?

　오버 커넥트를 쓸 수 있는 것까지는 어떻게든 납득할 수 있다. 용우가 지금까지 공간 간섭계 스펠을 써왔으니까.

　하지만 어떻게 자신의 위치를 알아냈을까?

　물론 용우는 미켈레가 그 의문에 골몰할 시간을 주지 않았다.

푹!

또 한 자루의 칼날이 그의 몸통에 꽂혔다. 폐를 관통하는 위치였다.

"……!"

입에서 비명 대신 바람 빠지는 소리가 새어 나온다.

그리고 용우가 심장과 폐를 관통당한 그를 걷어찼다.

파학!

쓰러지는 그의 왼팔이 잘려 나갔다.

"깨끗하게 잘린 채로 내버려 두면 재생하기도 쉽겠지?"

용우는 잘린 미켈레의 왼팔을 잡고 스펠을 발해서 태워 버렸다.

"역시 변신하기 전에도 일반인은 아닌가? 심장을 꿰뚫었는데도 안 죽는군. 일단 죽인 다음 살려볼 생각이었는데."

용우가 해맑게 웃었다.

방금 전에 칼로 미켈레의 심장과 폐를 찌르고 팔을 잘라 버린 이라고는 믿을 수 없는 미소였다.

"0세대 각성자, 이 자식, 가, 감히 나를……!"

"어느 나라 말인지 모르겠는데. 어쨌든 진짜 멍청한 놈이네?"

셀레스티얼을 원격조종할 때야 텔레파시로 대화를 나누었으니 언어의 차이는 상관이 없었다.

하지만 지금은 본신으로 만났으니 둘 모두가 알고 있는 언어를 쓰지 않으면 말이 안 통한다.

파악!

용우는 싸늘하게 웃으며 그의 다리를 베었다. 칼날에서 뻗어

나간 에너지 칼날이라면 원거리에서도 다리를 절단하는 것 정도
는 손쉬운 일이었다.

"크아악……!"

"생명력이 질긴 건 알겠는데… 냉큼 변신 안 하고 뭘 떠들어대
고 있는 거야? 안전한 곳에서 남의 몸만 조종해서 싸우다 보니
위기 감각이라는 게 없냐?"

용우가 일부러 영어로 도발하자 미켈레가 격분했다.

"소원대로 해주……!"

파악!

용우는 그가 지껄이는 소리를 들어주지 않았다.

에너지 칼날이 그의 목을 반쯤 베었다.

"아, 목소리가 짜증 나서 그만."

그걸로 끝나지도 않았다.

펑!

관통력을 높인 에너지탄이 미켈레의 몸통에 주먹만 한 구멍
을 뚫어버렸다.

"이렇게까지 해도 안 죽고 변신할 수 있군. 대단한걸? 머리가
부서지지만 않으면 되는 건가? 아니면 설마 머리가 부서져도 정
신체만 무사하면 재생 가능한가?"

그럼에도 미켈레의 마력이 폭증하면서 변신하기 시작했다.

허공장이 몸을 감싸고, 몸에 꽂힌 칼날이 뽑혀 나가면서 갑옷
이 그의 몸을 감싼다.

그의 갑옷 역시 게임 캐릭터처럼 화려하기 그지없었다.

백은색의 표면 위로 청금색 문양이 복잡한 패턴으로 양각(陽

刻)된 갑옷을 입었고, 손에는 얼음처럼 투명한 질감의 창을 들었다.

용우가 아는 성좌의 아바타, 빙설의 창 그대로의 모습이었다.

"역시 네놈들에게 있어서 빙의라는 건 필수적인 것이 아니라 목숨을 아끼기 위한 수단에 불과했군."

〈죽음을 재촉했다는 사실을 깨닫게 해주마, 0세대 각성자!〉

변신을 완료한 미켈레가 텔레파시로 외쳤다.

동시에 그의 몸에서 어마어마한 마력 파동이 쏟아져 나오기 시작했다.

구구구구구구!

휘몰아치는 바람에 머리칼을 휘날리며 용우가 웃었다.

'이놈도 본신의 마력만으로도 7등급 몬스터와 동격.'

현재 인류의 한계를 아득히 초월한 힘이다.

용우 역시 꾸준한 회복으로 인류가 한계로 규정지은 영역을 돌파했다.

그러나 지금 미켈레가 보여주는 것에 비견할 수준은 못 되었다.

〈역시 네놈은 위험해. 여기서 제거하겠다.〉

미켈레의 정신파에서는 고통스러워하는 기색이 묻어나고 있었다.

변신한다고 해서 용우가 입힌 부상이 깨끗하게 사라지는 것은 아니다.

성좌의 힘이 생명 유지 장치 역할을 해주기는 하지만 대신 지속적으로 마력이 소모된다. 어느 정도 재생력이 발휘되기는 하지만 그것도 그만큼 많은 마력을 소모한다.

빠르게 회복하기 위해서는 치료 스펠을 쓰는 수밖에 없다. 방해받지 않는 환경에서 집중적으로.

〈내게 싸움을 건 것을 후회하게 될 거다.〉

"과연 그렇게 될까?"

용우는 씩 웃으며 손가락을 한 번 튕겼다.

퍼어어어엉!

그러자 미켈레의 갑옷 안에서 폭음이 울려 퍼졌다.

〈그아아아아악!〉

기가 살아서 공격 태세를 취하던 미켈레가 주저앉았다.

"너희들의 힘이 어느 정도 수준인지는 이미 봤어."

다니엘 윤과 암흑거인의 전투는 용우에게 상당한 데이터를 제공해 주었다.

"그런데 설마 내가 아무런 대책도 없이 네놈을 변신시켰을까?"

용우가 마음만 먹었다면 미켈레는 변신도 못 해보고 죽었을 것이다.

아무리 일반인과는 비교도 안 되는 생명력을 가졌어도 몸이 산산조각 나면 뭐 어쩌겠는가?

하지만 용우는 일부러 그에게 변신할 기회를 주었다.

철저하게 우위를 쥘 수 있는 준비를 해둔 채로 구세록의 계약자들의 전력을 파악해 두고 싶었기 때문이다.

"그 비루한 목숨을 붙여놓는 데 얼마나 많은 마력이 들어갈까? 궁금하군."

그제야 미켈레는 용우가 자신을 공격한 것이 단순한 신체 파괴에 그치지 않았음을 깨달았다.

용우의 칼날에는 스펠로 형성한 맹독이 묻어 있었으며, 강력한 저주의 힘이 몇 가지나 깃들어 있었다.

'아, 안 돼.'

심장이 파괴되었다. 폐도 갈가리 찢어졌다.

뿐만 아니다. 아예 성한 장기가 없다. 팔다리도 잘려 나갔고 몸에는 앞뒤를 관통하는 주먹만 한 구멍이 뚫렸다.

팔과 다리가 한 짝씩 날아가고 목은 반쯤 베어져 나갔다.

지금의 그는 갑옷을 입고 있는 게 아니라 생명 유지 장치에 타고 있는 수준이다. 성좌의 힘이 아니었다면 살아 있을 수가 없었다.

―리스토어 힐…….

미켈레는 곧바로 치료 스펠을 발하려고 했다.

물론 용우는 기다려 주지 않았다.

―염동뇌격탄!

총을 꺼내지도 않고 맨손으로 에너지탄을 날린다.

미켈레가 허공장으로 막았지만 그 순간 용우가 그의 뒤를 잡았다.

파지지직!

둘의 허공장이 부딪치면서 대지가 진동했다.

허공장의 출력은 미켈레 쪽이 압도적으로 우위였다.

그런데 서로 충돌하는 순간 용우의 허공장이 미켈레의 허공장을 잠식하기 시작한다.

〈잔재주가 통할 것 같으냐!〉

미켈레는 허공장을 확장해서 용우를 떨쳐내었다. 그리고 곧바로 스펠로 공격에 나섰다.

—프리징 필드!

그를 중심으로 한기가 해일처럼 휘몰아쳤다. 일순간에 반경 100미터가 하얗게 얼어붙었다.

하지만 용우는 어마어마한 한기를 뚫고 뛰어들었다.

"학습 능력이 떨어지는군. 힘으로 밀어붙이는 거 말고는 할 줄 아는 게 없나?"

빙설의 창의 주인과 싸우는 만큼 용우는 만반의 준비를 갖추고 있었다.

물론 미켈레가 바보라서 계속 같은 실수를 반복하는 게 아니다.

상태가 최악이라 빠르고 정확한 사고가 불가능했다. 그럴 때는 몸에 익은 버릇대로 행동할 수밖에 없다.

〈으윽!〉

미켈레는 연속 블링크로 그 자리를 이탈한 다음 치료 스펠을 쓰려고 했다.

파지지직!

그러나 용우는 단 한 번의 텔레포트로 그를 따라잡고 맹공을 펼쳤다.

"도망칠 수 있을 것 같아?"

용우가 미켈레를 비웃었다.

이미 용우는 그의 존재 그 자체를 공간 좌표로 설정했다.

그 좌표 설정을 지워 버리지 않는 한, 미켈레는 세상 어디로 가도 용우에게서 도망칠 수 없다.

투학!

용우가 내려친 양손 대검이 미켈레의 빙설의 창에 막혔다. 미켈레가 그대로 힘으로 용우를 밀어내려는 순간, 용우가 양손 대검을 놔버리고 물러났다.

꽈아아아앙!

동시에 양손 대검이 폭발하면서 미켈레의 시야를 가렸다.

—초열투창(焦熱投槍)!

그 짧은 순간, 용우가 아공간에서 육중한 돌격창을 꺼내서 스펠로 발사했다.

미켈레는 그것도 허공장으로 받아냈다. 그의 허공장은 7등급 몬스터 수준으로 강력해서 이런 공격조차도 정면에서 막아낼 수 있었다.

〈크윽! 이 빌어먹을 놈이⋯⋯!〉

그러나 미켈레는 낭패감을 느끼고 있었다.

그의 컨디션은 최악이다.

아니, 컨디션을 논하는 게 의미가 있을까?

부상이 너무 심각한 데다 싸울수록 악화되어 간다. 저주와 독성의 힘이 파괴된 몸을 내부로부터 잠식하는 것을 막는 것만으로도 필사적이다.

이런 상태로도 전투를 수행할 수 있다는 사실이 경이로울 정도다.

'아, 안 돼.'

치료 스펠은 쓰는 순간 바로 결과가 나오는 스펠이 아니다. 집중해서 계속 스펠을 유지해야만 효과가 나온다.

용우가 그럴 여유를 주지 않았기에 미켈레는 부상을 전혀 회복하지 못했다.

상태가 계속 악화되기만 하고 있었다.

'이대로는 위험하다.'

미켈레는 공포에 사로잡혔다.

이런 사태는 상상도 못 했다. 0세대 각성자가 규격 외의 존재라는 것은 알고 있었다. 하지만 그렇다 해도 자신이 이토록 궁지에 몰릴 줄이야?

"겁먹은 거북이 흉내를 내기로 마음먹었나?"

방어에만 전념하는 미켈레를 용우가 비웃었다.

그러면서도 얼음처럼 차가운 눈으로 미켈레를 관찰하고 있었다.

'출력이 떨어지는 게 눈에 보이는군.'

생명을 유지하는 것만으로도 어마어마한 마력을 소모하고 있는 게 적나라하게 보인다.

처음 변신했을 때 7등급 몬스터 수준이었던 마력은 6등급 몬스터 수준, 그것도 최저치에 가깝게 깎였다.

하지만 미켈레에게는 빙설의 창이 있다.

빙설의 창의 마력 증폭력이 엄청나서 어마어마한 화력으로 주변을 휩쓸어 버린다.

〈한기에 저항하는 스펠이라도 지녔나 본데, 과연 이것도 버텨 낼 수 있을까?〉

미켈레 역시 자신의 상태가 얼마나 심각한지 잘 알고 있었다. 시간을 끌면 끌수록 죽음이 가까워질 뿐이다.

'이렇게 죽을 수는 없다. 이런 곳에서, 이런 놈에게!'

그렇기에 미켈레는 방어에 전념하면서 집중력을 쥐어짜냈다.

―눈보라의…….

"그런 거 해도 된다고 허락한 적 없는데?"

순간 용우가 연극조로 말하며 엄지로 목을 긋는 시늉을 했다.

―아스트랄 플레어!

그러자 미켈레의 몸 안쪽에서 투명한 푸른 불꽃이 피어올랐다.

〈아아아아악……!〉

격통이 미켈레의 집중력을 끊어버렸다. 발동 직전이었던 스펠이 흩어지고 만다.

당해본 적이 있는 고통이었다.

셀레스티얼을 조종하다가 생각지도 못하게 맛본 그 고통이 아닌가?

"육체는 충분히 박살 냈으니, 다음은 정신체는 어떤지 볼 차례겠지?"

용우는 미켈레를 오버 커넥트로 끌고 오기 전에 많은 준비를 했다.

단순히 기습을 가하는 것으로 끝내지 않고, 그를 통해서 구세록의 계약자들이 가진 힘에 대해서 파악하기 위해서였다.

그러기 위해서는 절대적으로 유리한 고지를 점해야만 한다.

단순히 힘의 크기로만 비교하면 자신을 월등히 능가하는 적이라고 하더라도.

'위력이 약해. 본인이 신경 쓰지 못하는 상황에서도 저주나 스펠 설치에 대해서는 자체적인 중화 능력을 발휘하는 모양이군.'

원래대로라면 용우가 미켈레의 체내에 설치한 아스트랄 플레어는 지금 발화한 것의 2배 이상의 위력이 나와야 했다.

'그렇다면 더 이상 전투를 길게 끌고 가는 건 리스크가 크다. 한 방에 역전되는 수가 있어.'

아직도 미켈레의 마력이 용우보다 위인 데다가 빙설의 창을 통한 증폭력이 무시무시하다.

여유 부리다가 한 방 잘못 맞으면 그것만으로도 상황이 뒤집어질 수도 있었다.

용우는 곧바로 결단을 내렸다.

우우우우우!

미켈레를 끌고 오기 전에 준비한 것으로는 배틀 슈트를 M슈트로 갈아입는 작업도 있었다.

M—링크 시스템이 발동하면서 M슈트 곳곳에서 푸른빛이 일어났다.

용우는 그대로 아직 아스트랄 플레어의 여파에서 벗어나지 못한 미켈레에게 뛰어들었다.

—프리징 필드!

미켈레는 거의 반사적으로 빙결 파동을 터뜨렸다.

고통과 공포로 냉철한 사고가 불가능한 상황이기에 습관적으로 선택한 수단이었다.

그렇기에 어리석었다.

용우가 순백의 파동을 뚫고 미켈레에게 쇄도했다.

파지지지직!

둘의 허공장이 부딪치면서 격렬한 스파크가 튀었다.

M—링크 시스템으로 마력 출력이 2배 가까이 증폭된 용우가 미켈레의 허공장을 잠식하기 시작한다.

당연히 미켈레는 그것을 막기 위해 발버둥 쳤다.

투학!

그러나 용우가 미켈레의 체내에 설치한 또 하나의 스펠이 터졌다. 겨우 이어지던 미켈레의 집중력이 끊어지면서…….

ㅡ염마용참격(炎摩龍斬擊)!

용우가 나이프에서 뿜어져 나온 초고열의 에너지 칼날이 미켈레의 팔을 잘라내었다.

〈아, 안 돼……!〉

미켈레가 절망했다.

잘려 나간 팔은 빙설의 창을 들고 있던 팔이었기 때문이다.

투학!

그러나 용우는 용서 없이 다음 공격을 넣었다. 발차기가 몸통에 꽂히면서 뇌전이 폭발한다.

미켈레가 차인 공처럼 날아가 버리자 용우가 빙설의 창을 붙잡았다.

파지지지직!

그러나 격렬한 반발력이 용우를 밀어내었다.

용우는 곧바로 빙설의 창 확보를 포기하고 블링크를 사용, 날아가던 미켈레를 위쪽에서 덮쳐서 땅에 처박았다.

―초열투창!

그리고 곧바로 나타난 거대한 랜스 형태의 무기, 돌격창이 초음속으로 발사되어서 미켈레의 몸통을 꿰뚫었다.

〈……!〉

땅에 처박힌 미켈레를 중심으로 충격파가 발생했다. 원형으로 퍼져 나가는 충격에 대지가 동심원을 그리면서 터져 나간다.

용우는 거기서 멈추지 않았다.

―염동뇌격탄!

대(對)몬스터 저격총, 제우스의 뇌격으로 사격을 가했다.

콰아앙!

일격으로 미켈레의 남은 팔이 끊어져 날아갔다.

콰과과광!

다음 사격으로 미켈레의 다리가 부서졌다.

〈끄아아아아악……!〉

미켈레가 비명을 질렀다.

고통은 신체가 파괴되는 것에 그치지 않는다. 피격 부위로부터 퍼져 나간 뇌전이 전신을 내달렸다.

용우는 제우스의 뇌격을 내던지고 검을 뽑아 들었다.

"아직도 살아 있나? 정말 질기군."

용우는 미켈레에게 다가가서 머리에 칼을 겨누며 말했다.

미켈레가 고통에 허우적거리며 말했다.

〈네, 네가 지금 무슨 짓을 하는지 알고 있는 거냐?〉

미켈레에게는 용우의 얼굴이 보이지 않았다. 빛을 등지고 있어서 검은 실루엣만이 보일 뿐이다.

〈너는 인류를 지키는 방벽을 무너뜨리고 있는 거다. 내가 인류를 지켜왔단 말이다! 내가 아니었다면! 신의 뜻에 따라 인류를 지켜온 내가 아니었다면 인류는 지금까지 존속할 수도 없었어!〉

미켈레는 패닉에 빠져서 절규했다.

공포, 분노, 억울함, 증오……

온갖 부정적인 감정이 소용돌이치면서 그의 정신을 집어삼킨다.

"물론 잘 알고 있고말고."

정신파를 통해 다이렉트로 전해지는 그 감정에 용우가 만족스럽게 미소 지었다.

"인정하지. 너희들 일곱 명이 없었다면 확실히 인류는 멸망했거나 아니면 정말 비참한 상황이었을 거야."

용우는 구세록의 계약자들이 해온 일을 부정하지 않는다.

그 배경에 어떤 사정이 있든 간에 그들이 인류를 지켜온 것만은 사실이다. 그들이 없었다면 인류는 문명을 유지할 수 없었으리라.

"그런데 그게 뭐 어쨌다고?"

〈뭐라고?〉

"넌 그게 무슨 일이든 해도 되는 면죄부라고 생각하는 거냐?"

용우가 어이없다는 듯 피식 웃었다.

"그런 힘을 가지니까 세상이 너희를 중심으로 도는 것 같아? 너는 세상의 주인공이고 나머지는 엑스트라에 불과하니까 무슨 짓을 하든 다 너를 이해해 주고 찬양해 줘야 할 것 같고 그래?"

용우는 빈정거리면서 만신창이가 된 미켈레의 몸통을 칼로 푹 찔렀다.

〈아아악……!〉

그저 찌르기만 한 게 아니었다.

미켈레는 몸이 완전히 망가져 버려서 단순히 신체를 파괴하는 것으로는 더 이상 제대로 된 고통을 주기도 힘들다.

그러나 정신체를 공격하는 힘을 실으면 생생한 고통을 줄 수 있었다.

"네 논리대로 반박해 주지. 그런 억지가 통하는 건 내가 돌아오기 전까지야."

〈무슨 소리를… 하고 싶은 거냐?〉

미켈레가 덜덜 떨면서 물었다.

무섭다.

자신을 철저하게 파괴하고서도 만족하지 못하는 용우가 무서웠다.

"몬스터로부터 인류를 지키는 일에는 내가 너보다 훨씬 도움이 될 테니까. 네 주장은 여태까지 네가 인류에게 있어서 소중한 존재라서 무슨 짓을 하든 인류가 참아줘야 했다는 거 아냐? 그럼 내가 너보다 더 인류에게 있어서 소중한 존재니까, 내 분노를 산 너는 내가 무슨 짓을 하든 입 닥쳐야지."

용우는 그렇게 말하며 미켈레의 헬멧을 붙잡았다.

"자, 그럼 이제 이야기를 들어야겠군."

콰드드득……!

손끝에 불꽃이 타오르면서 미켈레의 헬멧이 부서져 나가기 시작했다.

헬멧의 마스크를 뜯어내어 미켈레의 맨얼굴을 마주한 용우는, 거기에 대해서는 아무런 감흥도 없다는 듯 잔혹한 미소만을 지은 채 말했다.

"빨리 편해지고 싶으면, 내가 듣고 싶어 하는 이야기를 열심히 하는 게 좋을 거야."

그리고 두 사람만이 존재하는 세계에서, 죽음을 갈구하는 자의 비명이 울려 퍼졌다.

*   *   *

유현애는 망연자실해져 있었다.

코어 몬스터를 전부 처치하고 나자 게이트는 소멸했다.

하지만 주변은 여전히 부산했다. 게이트 안에서 수거한 몬스터들의 시체와 마정석을 분류하는 작업이 한창이다.

하지만 다들 표정이 무거웠다.

막바지에 서용우가 마치 누군가에게 납치되듯이 실종되었고, 그 현상의 정체를 아는 이는 아무도 없었으니까.

"현애야."

멍하니 앉아 있는 유현애에게 이미나가 걱정스러운 듯 말을 걸었다.

"아, 언니."

"이제 돌아갈 시간이야."

"……"

그 말에 유현애가 입을 꾹 다물었다.

그녀는 한참 동안이나 고개를 숙이고 있다가 입을 열었다.

"뭐가 어떻게 된 걸까요?"

"모르겠어. 나중에 헌터 관리부 쪽에 보고할 거니까, 그러면 게이트 재해 연구소 쪽에서 답을 찾아주지 않을까?"

"아저씨는 무사히 돌아올 수 있을까요?"

"……."

이미나는 아무 말도 할 수 없었다.

4년 넘게 헌터로 활동하면서 많은 일을 겪어온 그녀에게도 오늘 일어난 일은 완전히 미지의 영역이었다. 그녀가 알고 있는 그 어떤 사례에도 부합하지 않는 현상이다.

유현애는 이미나가 대답을 못 해도 신경 쓰지 않고 말을 이었다.

"마치… 누군가 아저씨를 납치한 것 같았어요."

정말로 그랬다. 아무리 봐도 서용우를 노린 것처럼 보인다.

그런 일을 할 수 있는 존재는 도대체 무엇이란 말인가?

게이트 안에서 벌어진 일이니 몬스터의 소행일 가능성이 높겠지만, 지금까지 그런 능력을 지닌 몬스터는 확인된 바 없었다.

인류가 도저히 어찌해 볼 수 없는 존재로 불리는 8등급 이상의 몬스터들조차도…….

"뭐 해? 한가해 보이는군."

그때 불쑥 그들 사이로 끼어드는 목소리가 있었다.

묘하게 신경을 건드리는 말투에 유현애가 짜증을 냈다.

"뭐예요? 지금 시비 거는 거… 어?"

벌떡 일어나던 유현애가 눈을 휘둥그레 뜬 채로 굳어버렸다.

"왜?"

시큰둥하게 묻는 사람이 바로 서용우였기 때문이다.

유현애가 눈을 비비더니 잔뜩 당황한 목소리로 물었다.

"어, 어어, 어떻게?"

"잘."

"……."

"뭐, 별일은 없었어."

"게이트 안에서 갑자기 사라진 것 자체가 별일이거든요? 도대체 뭐가 어떻게 된 거예요?"

"음, 말해주고는 싶은데… 너희 부대장한테 말하니까 알겠다고, 다른 팀원들에게는 헌터 관리부에서 기밀정보로 지정한 정보라서 말해줄 수 없다고 설명하라던데?"

그 말에 유현애가 부들부들 떨었다.

하지만 기밀이라 말해주지 못하겠다는데 더 추궁할 수도 없는 노릇이다. 결국 그녀는 한숨을 푹 쉬며 말했다.

"알겠어요. 그럼 대신 차 태워줘요."

"응?"

용우가 당황하자 유현애가 그를 쩨려보았다.

"갑자기 사라져서 사람 걱정하게 했으면서 이유도 설명 못 해주겠다는 거잖아요. 내가 걱정해 준 값은 물어내야죠. 차 한 번 태워주는 걸로 퉁칠게요."

"……."

"왜요?"

유현애가 뻔뻔하게 바라보자 용우는 왠지 웃음이 나왔다.

"거참. 뭐, 그래. 차 태워주는 게 뭐 대수라고."

결국 용우는 그녀를 차 앞좌석에 태워서 팀 반도호랑이 본부까지 데려다주었다.

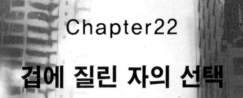

Chapter22

겁에 질린 자의 선택

1

"미켈레가 사라졌다."

그 사실을 구세록의 계약자들에게 고하는 엔조 모로의 목소리는 떨리고 있었다.

미켈레가 용우를 처치하거나 사로잡으려고 했다가 다니엘 윤에게 저지당한 그날 이후로 3주가 지났다.

미켈레는 그동안 한 번도 모습을 보이지 않았다.

처음 며칠간은 그럴 수도 있다고 생각했다.

하지만 정보 공간을 이용한 통신은 물론이고 전화나 문자, 이메일에도 반응이 없는 시간이 길어지자 불안감이 꿈틀거리기 시작했다.

결국 엔조 모로는 직접 이탈리아로 미켈레를 찾아갔다.

미켈레의 이웃들에게 물어본 결과, 그는 그날 이후 단 한 번도 집에서 나오지 않았다.

엔조 모로가 텔레포트로 집 안으로 침입해 보니 서재는 엉망이 되어 있고 설거지하지 않은 그릇들은 썩은 내를 풍기며 벌레가 꼬여 있었다.

"마치 그날 거기서 어디로 꺼져 버리기라도 한 것처럼 사라져 버렸어."

엔조 모로가 자신이 알아낸 사실을 알리자 다른 구세록의 계약자들이 반응했다.

"스스로 모습을 감춘 게 아닐까?"

"다니엘 윤에게 공격받을지도 모른다고 생각해서 숨은 거 아니야?"

엔조 모로가 답답하다는 듯 말했다.

"휴대폰이 서재에 떨어진 채로 방치되어 있었다."

"……."

아무리 모습을 감춘다고 하더라도 휴대폰을 그런 식으로 방치해 두지는 않을 것이다. 추적을 막고자 한다 해도 최소한 눈에 안 띄는 곳에 감추거나 버리거나 하는 것이 정상적인 선택일 터.

"엔조 모로, 설마 미켈레가 죽었다고 생각하는 건가?"

그렇게 물은 것은 다니엘 윤이었다.

그의 물음에 정보 공간에 경악의 물결이 퍼져 나갔다.

엔조 모로가 물었다.

"혹시나 해서 묻는 거지만… 다니엘 윤, 네가 손을 쓴 건 아니겠지?"

"그 망상병자 놈을 혐오하긴 하지만, 그런 놈이라도 세상에 필요하다는 점은 인정하고 있다."

다니엘 윤이 싸늘하게 대답했다.

구세록의 계약자 7명은 13년 동안 정신적으로 만신창이가 되어가면서도 세상을 지켰다. 그 힘을 이용해서 어떤 추악한 짓을 해왔든 간에, 그들이 인류를 지켜왔다는 공적만은 누구도 부정할 수 없는 것이다.

"그렇다면 역시⋯⋯."

엔조 모로의 목소리가 떨려 나왔다.

카르타가 물었다.

"짐작 가는 바가 있는 건가?"

"⋯미켈레는 0세대 각성자에게 살해당했을지도 모른다."

그 말에 정보 공간이 술렁였다.

카르타가 물었다.

"그게 가능하다고 생각하나?"

"0세대 각성자는 우리의 상식으로 잴 수 없는 존재지. 우리를 죽일 수 있는 수단을 갖고 있다고 해도 이상하지 않아."

엔조 모로는 그것 말고 다른 가능성을 떠올릴 수가 없었다.

그리고 엔조 모로는 미켈레가 살해당한 것 이상으로 끔찍한 가능성을 떠올리고 있었다.

서용우가 미켈레를 살해하고, 빙설의 창을 자신의 것으로 만들었을 경우를.

'0세대 각성자를 그냥 내버려 둘 수는 없다. 어떻게든 그의 칼날이 우리를 향하지 못하도록 통제할 방법을 찾아야 해.'

궁지에 몰린 그는 위험한 발상을 떠올리고 있었다.

*   *   *

용우는 비밀리에 훈련을 하고 싶어지면 백원태의 배려를 부탁했다. 팀 크로노스 본사의 훈련 시설 일부를 독점하는 것이다.

그러나 이제는 그럴 필요가 없어졌다.

미켈레와의 싸움으로 소멸한 게이트 내부의 필드로 이동하는 법을 알게 된 후로, 용우는 현실적 제약에 묶이지 않고 마음껏 훈련을 할 수 있게 되었던 것이다.

그런데 오늘 굳이 백원태에게 부탁해서 팀 크로노스 본사의 훈련 시설 일부를 빌린 것은, 이곳에서만 가능한 일이 있었기 때문이다.

정확히는 첨단 장비들로만 파악할 수 있는 데이터를 얻고 싶었다.

"벌써 이 정도까지……."

백원태는 훈련장에서 측정된 데이터를 보며 경악을 금치 못했다.

훈련 전, 용우는 마력 시술을 받았다.

용우가 마력 시술 시에 투입하는 마력석 정제 용액의 양은 계속 증가하고 있었다. 다른 헌터들은 상상도 할 수 없는 수준이다.

"오늘 고마웠습니다."

훈련을 마친 용우는 사장실에서 백원태와 이야기를 나누었다.

"슬슬 트레이닝 센터 쪽에서는 마력을 크게 제한해야 하게 되어서요."

"그럴 것 같더군요. 놀랐습니다."

백원태가 굳은 표정으로 고개를 끄덕였다.

"5등급 몬스터 수준의 마력이라니……."

어느새 용우의 마력이 5등급 몬스터 수준에 도달해 있었기 때문이다. 용우가 지구로 귀환한 지 채 1년이 안 지났다는 것을 감안하면 이 성장세, 아니, 회복세는 두렵기까지 하다.

용우가 피식 웃으며 말했다.

"세상이 많이 좋아져서 그렇죠."

용우는 아공간에 어마어마한 양의 마력석을 갖고 있었다.

하지만 그것들을 팔거나 쓰지 않고 필요할 때를 위해 그냥 보관만 해두고 있었다.

돈이라면 한번 전투를 치를 때마다 넘치도록 벌고 있었고, 마력 기관을 회복하는 것도 정기적으로 마력 시술을 받는 쪽이 훨씬 효율적이기 때문이었다.

돈과 마력 회복 양쪽에 쓰지 않는다면 굳이 그것을 처분할 이유가 없었다. 용우에게는 마력석도 훌륭한 전투 자원이었으니까.

백원태가 물었다.

"혹시 지금 용우 씨의 마력이면, 페이즈를 기준으로는 어느 정도 되는 겁니까?"

"지금은 페이즈로는 18 정도일 겁니다. 제 경험상 페이즈20은 되어야 6등급 몬스터의 영역으로 들어서니까요."

"페이즈18……."

백원태가 놀라서 입을 벌렸다.

5등급 몬스터 수준이라는 것은 측정 데이터를 봐서 알고 있지만, 페이즈 기준으로 들으니 또 느낌이 다르다.

"며칠 전에 미국의 6세대 헌터가 페이즈13의 마력을 공표했죠. 슬슬 페이즈13이 하나둘씩 나올 것 같지만 그 기록이 깨지려면 또 1, 2년 정도는 걸릴 것 같은데… 용우 씨는 훨씬 앞서가고 있군요."

"아직 멀었습니다. 이 정도로는 고스트들과 힘겨루기는 못 하니까요."

용우에게 있어서 마력 회복의 의미는 단지 출력과 저장량이 상승한 것에 그치지 않는다.

마력이 높아질수록 쓸 수 있는 스펠이 더욱 다채로워진다.

또한 마력이 일정 수준 이상이어야만 활성화되는 특성들도 되찾는다.

거기에 마력이 일정 수준에 도달해야만 구사 가능한 응용 기술들도 있다 보니 실질적인 전투 능력의 증가는 마력 수치로 가늠할 수 있는 것 이상이었다.

"고스트라고 하니 말인데… 그건 어떻게 된 겁니까?"

백원태가 진짜로 묻고 싶었던 것은 따로 있었다. 용우가 훈련 중에 정말 놀라운 것을 보여줬기 때문이다.

"그 빙설의 창은, 혹시 아티팩트입니까?"

용우는 훈련장에 광범위하게 허공장을 펼치고는 그 안에서 빙설의 창을 꺼내서 연구했던 것이다.

공교롭게도 7세대가 갖고 나타난 7개의 아티팩트 중에 소실된 하나, 데뷔 전에서 사망한 남중국의 아티팩트 보유자가 가졌던 것이 바로 빙설의 창이었다.

그러니 백원태가 용우가 지닌 빙설의 창을 그 아티팩트가 아닌가 생각한 것은 자연스러운 일이다.

하지만 용우는 고개를 저었다.

"아닙니다."

"그럼 뭡니까?"

"아티팩트의 오리지널입니다."

"오리지널?"

"고스트… 정확히는 구세록의 계약자라는 놈들이 갖고 있는 성좌의 무기입니다."

그 말에 백원태는 잠시 멍한 표정을 지었다. 용우의 말이 뜻하는 바를 한 번에 이해할 수가 없었기 때문이다.

몇 초 후에야 그 뜻을 완전히 이해한 그는 너무 놀란 나머지 벌떡 일어났다.

"고스트에게서 빼앗은 겁니까?"

"예."

"……"

백원태는 입을 쩍 벌리고 용우를 보았다.

용우가 어깨를 으쓱했다.

"저한테 싸움을 걸어온 한 놈만 처리했습니다. 팬텀의 주인으로 보이는 놈이었죠."

"용우 씨, 지금 회복한 수준만으로도 벌써 고스트를 능가한 겁니까?"

"그렇지는 않습니다. 아직 힘으로는 많이 밀립니다."

용우가 딱 잘라 부정했다.

"하지만 싸움이라는 게 무조건 힘센 놈이 이기는 건 아니니까요."

미켈레가 워낙 허점을 많이 보여줘서 가능한 승리였다.

"그리고 이제는 사정이 다릅니다. 놈들이 그런 힘을 휘두를 수 있었던 가장 큰 이유가 제 손에 들어왔으니까."

용우는 미켈레에게 죽음조차 허락지 않는 고문으로 필요한 정보를 뽑아냈다.

그리고 빙설의 창의 소유권을 계승받는 조건으로 그를 파괴와 재생이 무한히 반복되는 끔찍한 고통의 수레바퀴로부터 해방시켜 주었다.

"당분간은 비밀리에 연구할 생각입니다."

용우에게도 성좌의 힘은 미지의 영역이다.

어비스에서도 성좌의 아바타들은 홀연히 나타나서 전장을 휩쓸고 다시 홀연히 사라져 버리는 존재들이었기 때문이다.

하지만 유현애를 통해서 아티팩트를 연구한 경험이 있기 때문에, 빙설의 창에 대해서 파악하기가 그렇게 어렵지는 않았다. 이미 실전에서 써먹기에는 충분할 정도이고, 연구를 통해서 그 잠재력을 최대한 끌어낼 방법을 알아낼 것이다.

그리고 이 연구를 진행하면서 용우는 자신이 품고 있던 막연한 예감이 확신으로 변해가는 것을 느끼고 있었다.

'역시 이놈들이 가진 성좌의 힘은… 완전하지 않아.'

광휘의 검과 처음 만났을 때부터 느꼈던 사실이다.

그때 그가 보여준 힘은 용우의 기준으로 보면 어비스의 종반 기까지 살아남은 자들을 떠올리게 하는 수준이다.

하지만 어비스에서 수도 없이 본 성좌의 아바타들의 힘은 그 이상이었다.

문득 용우가 물었다.

"연구라고 하니까 생각난 건데, 텔레파시 연구는 어떻게 됐습 니까?"

"이제 시작 단계입니다. 믿을 만한 사람을 찾아서 텔레파시 스 톤을 취하게 하고 연구진을 꾸렸습니다."

"하긴 연구라는 게 뚝딱 이뤄지진 않겠죠. 인내심을 갖고 기 다려야겠군요."

용우는 아쉬워하면서도 납득했다.

그리고 화제를 돌렸다.

"이번에 생각한 바가 하나 있습니다. 사장님의 도움을 좀 받고 싶은 건입니다."

"무슨 일입니까?"

"제가 고스트를 죽여 버리기는 했습니다만… 그들이 세상을 지키는 데 필요하다는 점에는 동의하고 있습니다."

인류가 그들 없이도 문명을 유지할 수 있게 되려면 얼마나 더 걸릴까?

8세대나 9세대쯤에는 가능할까?

'가능성은 있지. 하지만 그때쯤에도 불가능할 수도 있어.'

지구의 각성자들은 어비스의 각성자들과 달리 현대문명의 힘을 빌려 본신의 기량만으로는 불가능한 전투 능력을 보인다.

하지만 그걸 감안해도 용우에게는 문제점이 적나라하게 보였다.

'세대를 거듭할수록 잠재력이 커지는 건 사실이다. 하지만 그걸 감안해도 아직까지는 너무 약해.'

7세대의 잠재력이 완전히 개화한다고 해도, 구세록의 계약자 없이는 문명을 유지할 수 없다.

그런 결론에 도달한 용우는 한 가지 결심을 했다.

"하지만 저는 결국 놈들을 다 죽여 버리게 될 가능성이 높습니다."

용우는 미켈레를 죽인 시점에서 자신과 그들의 사이가 돌이킬 수 없게 되었다고 생각하고 있었다.

'물론 놈들이 하기에 따라서 달라지겠지만……'

광휘의 검이 보여준 태도, 그리고 미켈레로부터 뽑아낸 정보는 용우에게 약간의 여지를 남기게 만들었다.

"그러니까 그 빈자리를 메꿀 대안이 필요합니다."

"용우 씨가 그 대안이 될 생각입니까?"

"예."

용우는 단호하게 대답했다.

"유감스럽게도 저 말고는 아무도 대안이 될 수 없을 것 같으니까요."

"……"

실로 오만하기 그지없는 말이다.

하지만 백원태는 반박할 수 없었다.

용우가 말을 이었다.

"하지만 저 혼자서는 힘듭니다. 이제부터 팀을 만들어 나가려고 합니다."

"팀을? 하지만 누구를 팀원으로 들일 겁니까?"

백원태가 당혹감을 드러냈다.

현 시점에서 용우는 그야말로 압도적인 존재다. 과연 그와 호흡을 맞출 만한 사람이 있기는 할까?

"당장 눈여겨본 인재는 둘 정도입니다."

"팀을 만든다면서요? 고작 두 명으로는 불가능합니다. 전투 수행원만 봐도 서포터까지 최소한 40명은 있어야……."

"제가 만들려는 팀은 기존 헌터 팀 같은 기업이 아닙니다. 기존에 제가 제로로서 하던 일의 스케일을 키우려는 것뿐이죠."

"어디까지나 다른 팀과 협업하는 식으로 운영되는, 아주 특수한 팀을 만들겠다는 거군요."

백원태는 용우의 구상을 이해했다. 그런 거라면 어려울 건 없었다.

"하지만 그들이 제 제안에 응해준다는 보장도 없고, 만약 응해줄 경우에는 충분한 보상을 준비해야 해서 돈이 좀 필요합니다."

"투자 필요하세요? 용우 씨가 필요하다면 얼마든지 투자해 드리죠."

"투자는 됐고요."

눈을 빛내던 백원태는 용우가 고개를 젓자 시무룩해졌다.

하지만 다음 순간, 그는 놀라서 벌떡 일어날 수밖에 없었다.

"8등급 몬스터의 사체를 팔고 싶군요. 얼마나 쳐주시겠습니까?"

용우의 제안이 너무나 충격적이었기 때문이다.

잠시 동안 말문이 막혔던 백원태는 용우를 보며 떨리는 목소리로 물었다.

"8등급 몬스터는 어디서 잡은 겁니까?"

"아직까지는 잡은 적은 없습니다. 하지만 잡은 놈이 갖고 있더군요."

미켈레를 죽였을 때, 용우는 어비스에서 수십 번도 더 겪었던 익숙한 현상을 겪었다.

상대의 아공간이 해제되면서 그 안에 들어 있던 물건들이 쏟아져 내렸던 것이다.

가장 먼저 눈에 띈 것은 어마어마한 양의 마력석이었다.

용우가 아공간에 보관하고 있는 것보다도 더 많았다. 물론 용우가 어비스에서 스스로를 봉인하기 전, 최후의 전투에서 워낙 많은 마력석을 소모해 버려서 그런 것이기는 했지만.

그리고 다음으로 눈에 띄는 것은 몬스터들의 사체였다.

저등급 몬스터의 사체는 있지도 않았다.

최소 6등급부터 시작해서 8등급 몬스터의 사체도 있었으며…….

"일부이긴 하지만 9등급 몬스터의 사체도 있습니다. 값만 잘 쳐주시면 사장님을 1순위 구매자로 올려 드리죠."

"……."

백원태의 표정이 정말 볼만해졌다.

백원태가 충격에서 벗어나기까지는 좀 시간이 걸렸다.

그는 자신이 맞닥뜨린 현실이 어처구니가 없어서 허탈하게 웃더니 말했다.

"사실 오늘 용우 씨에게 중요한 용건이 있었는데… 용우 씨가워낙 폭탄을 많이 던져대서 별로 안 중요한 것 같은 기분마저드는군요."

"무슨 일입니까?"

용우가 의아해하며 묻자 백원태가 사장실에 설치된 프로젝터를 켰다.

"보여줄 게 있습니다."

인류 문명은 꾸준히 회복기를 걸어왔다.

시간이 흐를수록 각성자 헌터들의 수준이 높아졌고, 그들의능력을 최대한 활용하는 전술 수행 능력은 그 이상으로 발전해왔기 때문이다.

인류는 몬스터들이 점거했던 땅을 되찾고, 파괴되었던 인프라를 복원하기를 계속하고 있었다.

하지만 퍼스트 카타스트로피 이후 13년이 지난 지금까지도어쩔 수가 없는 문제가 있었다.

"이번에 백두산 부근에서 찍힌 영상입니다."

백원태가 용우에게 하나의 영상을 보여주었다.

그 영상을 본 용우는 놀랐다.

"이건… 몬스터들끼리의 싸움입니까?"

"8등급 몬스터, 은갑옷거북과 가이아드래곤이 충돌했습니다."

백원태가 설명했다.

둘 다 아직 인류가 손쓸 도리 없는 재앙이었다.

게이트 브레이크가 일어나서 8등급 이상의 몬스터가 세상에 출현하면 인류는 그 지역을 포기할 수밖에 없었다.

한반도에도 8등급 몬스터들이 다수 포진하고 있었다. 대한민국 정부가 구 북한 영토의 2할을 수복한 것만으로 만족해야만 했던 이유였다.

영상은 처음에는 위성 촬영으로 시작해서 고고도 정찰용 드론의 영상으로 바뀌었다.

"아시다시피 8등급 몬스터들은 영역 의식이 뚜렷합니다. 자기 영역에서 좀처럼 나오는 일이 없고, 그래서 8등급 몬스터끼리 싸우는 일도 드물죠."

그런 습성을 파악했음에도 인류는 안심하지 못했다. 늘 8등급 몬스터들의 일거수일투족을 파악하고 있었다.

"그런데 이놈들끼리 충돌했다는 건… 3가지 가능성을 의미합니다."

화면에서는 그야말로 괴수 대결전이 벌어지고 있었다.

8등급 몬스터들은 인류의 생물학 지식으로는 이해할 수 없는 존재들이다.

은갑옷거북은 전장 60미터를 넘는 거체에 정체불명의 외계 금속으로 이루어진 비늘이 전신을 덮고 있었으며, 가이아드래곤은 몇 개의 에너지 코어를 중심으로 흙과 암석, 그리고 금속이 모여서 용의 형상을 이룬 존재였다.

이 둘이 싸우는 광경은 실로 초현실적이다.

"3가지 가능성이라는 건 뭡니까?"

"첫째, 놈들의 영역에 먹잇감이 남지 않아서 다른 영역을 넘볼 경우. 둘째, 놈들이 지금까지 파악한 것과 다른 습성에 눈을 떴을 경우. 그리고 마지막 가능성은… 근 시일 내로 8등급 이상의 고등급 몬스터가 존재하는 새로운 게이트가 열린다는 신호입니다."

"8등급 이상의 몬스터가 나오는 게이트라면… 65미터급 이상이 출현한단 말입니까?"

"그렇습니다."

백원태가 심각한 표정으로 고개를 끄덕였다.

용우가 지구로 돌아온 뒤로 지금까지 발생한 가장 대규모 게이트는 미국에서 발생한 55미터급이었다.

그런데 65미터급 이상이라…….

"가능성은 꽤 높습니다. 8등급 몬스터들의 충돌이 한국에서만 일어난 일이 아니거든요."

일본, 러시아, 인도, 중국 등지에서도 8등급 몬스터들의 충돌이 관측되었다.

"재작년 유럽 때도 똑같았습니다. 아마 빠르면 한 달, 늦어도 두 달 안에 출현할 겁니다."

"어디서 출현할지는 알 수 없습니까?"

"그건 전혀 알 수 없습니다. 아마 다들 바라고 있겠죠."

쓴웃음을 짓는 백원태에게 용우가 물었다.

"뭘 말입니까?"

"차라리 아프리카나 그린란드처럼 아예 몬스터들의 땅이 된 곳에 열리기를. 하다못해 도심과 생산 지역에서 떨어진 곳에서 열리기를……."

퍼스트 카타스트로피 이후 각국은 도시 집약적인 체제를 구축했다. 게이트 브레이크로 세상에 풀려난 몬스터들의 위협을 생각하면 어쩔 수 없는 선택이었다.

2028년 현재 한국에는 한적한 시골 마을, 산골 마을이 더 이상 존재하지 않는다.

모두가 도시에서 나고, 도시에서 살아간다.

도시가 아닌 곳은 곧 사람이 살지 않는 곳이었다. 그렇게 하지 않으면 도저히 게이트 재해에 맞서 거주 지역을 지킬 수 없었기 때문이다.

"물론 다들 최악의 상황을 상정하고 있습니다. 우리 회사 1부대를 포함해서 각국의 최정예 헌터들은 지금부터 스케줄 조정에 들어갈 겁니다."

헌터 관리부는 언제든지 최악의 게이트 재해에 대응할 수 있도록 최정예 헌터들의 컨디션을 관리할 것이다.

하지만 아직 7세대 헌터들의 잠재력이 완전히 개화하지 않은 시점에서 8등급 몬스터를 사냥할 수 있을까?

"우리 전력 분석 팀은 아직 불가능하다는 결론을 내렸습니다. 이번에 도입될 신병기들을 고려하더라도……."

헌터 장비는 나날이 발전하고 있다.

마력 반응 코팅은 보다 내구성과 반응성이 개선된 제3세대가

개발 완료되어 곧 실전에 투입될 예정이다.

본래는 최소한 로켓 사이즈의 탄두에나 탑재할 수 있었던 마력 반응 탄두는 제2세대에서 극적으로 소형화에 성공, 근접전 헌터 장비와 소총용 그레네이드탄에 탑재될 예정이다.

이 장비가 투입되면 각성자가 아닌 일반인 헌터들의 화력으로도 3등급 몬스터까지도 잡아낼 수 있으리라 기대되고 있었다.

뿐만 아니다.

한국 헌터 업계의 경우 각 팀의 정예들에게 꾸준히 M슈트를 보급하는 중이다.

그리고 이번에 한국 게이트 재해 연구소에서는 M슈트와 동시에 연구·개발이 진행되어 온 신병기들을 투입할 예정이다.

"신병기들에 대해서는 용우 씨가 나보다 잘 알겠죠. 테스터니까."

"예. 뭐, 저야 테스터라고는 해도 충분히 테스트가 이루어진 시점에서 들어간 거라, 마무리를 완벽하게 하기 위한 추가 데이터 제공 정도만 하고 있지만."

용우는 종종 한국 게이트 재해 연구소에서 그 신병기들의 테스터 일을 하고 있었다.

고문료 이상의 대가를 받고 있으며, M슈트와 마찬가지로 장비를 지급하는 건 물론이고 유지보수까지 전부 저쪽에서 책임져 주는 조건이다.

8등급 몬스터를 포함한, 아니, 어쩌면 그 이상의 대규모 게이트가 어디에서 출현할지 모른다.

그런 이유로 세계 각국은 이례적으로 협력적인 모습을 보여주고 있었다.

물론 그런 태도는 재앙이 터지기 직전까지만 유지될 것이다.

일이 터지고 나서는 자국의 헌터들을 보내주는 것에는 야박하게 굴리라.

백원태가 말했다.

"하지만 조금은 마음이 놓이는군요. 이번에는 용우 씨가 있으니까. 용우 씨도 당분간은 스케줄을 느슨하게 잡아주면 좋겠습니다."

"그러도록 하죠. 어차피 누군가의 머릿속에서 나온 콘셉트 때문에 게으르다고 욕먹는 몸이니까 의뢰 안 받고 잠수 타도 상관없을 겁니다."

"…흠흠."

용우가 째려보자 백원태가 헛기침을 하며 시선을 피했다.

*   *   *

다시 일주일이 지나 7월 초가 되자 용우는 병원으로 향했다.

리길순, 아니, 이제는 리사라는 이름으로 새로운 신분을 얻은 소녀를 만나기 위해서였다.

"어서 오세요."

리사는 처음 팬텀에게서 구출했을 때와는 다른 사람처럼 달라져 있었다.

심한 영양실조로 해골처럼 앙상했던 그녀는 병원 VIP실에서 극진한 보살핌을 받자 보기 좋게 살이 올랐다.

지금의 그녀는 약간 어두운 인상의, 10대 후반의 소녀로 보였다. 머리카락을 일부러 쇼트커트로 쳤더니 언뜻 보면 소년처럼 보이기도 했다.

"준비 끝났으면 갈까?"

"네."

　작은 목소리로 대답하는 그녀는 환자복 대신 반팔 와이셔츠와 청바지를 입고 있었다.

　전에 한번 용우와 함께 찾아왔던 우희가 선물한 옷이었다.

　우희는 좀 더 여성스러운 옷을 선물하고 싶어 했지만 리사는 활동하기 편한 옷을 원했다.

　"언제 누구에게 습격당하더라도 옷 때문에 행동이 제약되는 경우는 없었으면 좋겠어요."

　실제로 범죄 조직에 납치당해서 온갖 끔찍한 일을 당했던 사람의 말이다. 들어줄 수밖에 없었다.

　그리고 우희는 리사의 사정을 듣고는 그녀와 같이 사는 것을 허락했다.

　'집이 너무 넓어서 휑한 느낌이 든다고는 했지만… 그래도 전혀 모르는 사람이랑 같이 사는 걸 허락할 줄은 몰랐는데.'

　솔직히 용우는 이 문제로 우희를 설득할 자신이 별로 없었기에 그녀가 반감을 보이지 않고 그러자고 해준 것에 놀랐다.

　'내 입장에서는 잘된 일이지만.'

　용우는 리사의 처지를 동정했고, 그녀를 구출한 사람으로서

책임감을 느꼈다. 그렇기에 우희가 그녀와 함께 사는 것을 받아들여 준 것이 기뻤다.

"……"

문득 용우는 자신의 옆에서 따라오던 리사가 걸음을 멈춘 것을 알아차리고 돌아보았다.

리사는 VIP 구역에서 나가 일반 병동으로 들어서는 지점에서 꼼짝 않고 멈춰 있었다.

"왜 그래?"

리사는 대답하지 않았다. 창백하게 굳어만 있었다.

"괜찮아?"

용우가 다가가자 그녀는 심호흡을 한 번 하더니 말했다.

"손… 좀 잡아주시면 안 될까요?"

그녀의 표정에는 딱히 변화가 없었다. 하지만 용우는 그녀의 눈이 불안감으로 흔들리는 것을 보았다.

병원 사람들에게 들은 바로는 리사는 그동안 단 한 번도 병실에서 나가지 않았다고 한다. 거동이 가능해진 후로도 절대 밖으로 나가려고 하지 않아서 재활 운동조차도 담당자를 병실로 들여서 진행했다는 것이다.

"그래."

용우는 그녀의 손을 꼭 잡아주었다. 그러자 그녀가 눈에 띄게 안도했다.

그녀는 팬텀에 납치된 후로 8개월 동안이나 바깥을 보지 못하고 갇혀서 끔찍한 생체 실험을 당했다.

시간 감각이 없었던 것은 물론이고 현실감각조차도 망가져서 자신의 기억이 실제로 겪은 일인지 아니면 악몽의 일부였는지를 분간하기 어려워했다.

그런 경험을 했는데 정신이 멀쩡할 리가 없다. 병실에만 처박혀 있을지언정 병원 사람들과 일상적인 대화가 가능했다는 것만으로도 놀라운 일이었다.

하지만 용우가 손을 잡아주자 그녀는 금방 마음을 다잡았다. 당당한 발걸음으로 용우와 함께 병원을 나섰다.

"이게 용우 님 차예요?"

리사가 용우의 차를 보고는 놀랐다.

고급차가 많은 병원 주차장에서도 단연 눈에 띄는 차였으니 그럴 만도 했다.

"좀 눈에 띄지? 짐이 많지 않으니 그냥 뒷좌석에 실어두자."

백원태가 준비한 리사의 위장 신분은 7세대 각성자였다.

7세대 각성자에 대한 것은 아직까지도 전산 데이터에 추가 사항을 끼워 넣을 여지가 있었는지라 의외로 수월하게 처리가 되었다. 누군가 리사의 정체에 의문을 품고 전문적으로 파고든다면 발각될 수도 있지만 그것까지는 어쩔 수 없는 일이다.

"이젠 용우 님이라고 부르는 건 그만두고 그냥 용우 씨라고 불러."

"아, 하지만 제 은인이신데 그렇게 막 부르기는 좀……."

"앞으로 같은 집에서 살 텐데 님 소리 듣기는 너무 부담스러워."

"그, 그럼……."

리사가 잠시 망설이다가, 뭔가 결심을 굳힌 표정을 지었다.

"선생님이라고 부르면 안 될까요?"

"응?"

전혀 생각지도 못한 말이었다.

용우는 잠시 동안 리사를 바라보다가 물었다.

"무슨 뜻으로 하는 말이야?"

그 물음을 들은 리사의 행동은 조금 전의 말보다 더 용우를 당황하게 만들었다.

그녀는 주차장 바닥에 무릎을 꿇고 고개를 깊숙이 숙였던 것이다.

"싸우는 법을 가르쳐 주세요."

"……."

"제게 힘이 있다고 하셨죠."

용우는 리사에게 자신이 그녀에 대해 알아낸 것을 숨기지 않고 말해주었다.

너는 특별한 존재가 되었다.

네게 고통을 준 놈들의 힘을 빌리지 않아도, 너 자신이 이미 각성자로서의 힘을 갖게 되었다.

그 말을 들은 리사는 한가지 결의를 품었다.

"그놈들에게 복수하고 싶어요, 제 손으로 직접."

리사의 목소리는 차분했다. 말하는 내용과 어울리지 않을 정도로.

하지만 고개를 들어 용우를 올려다보는 그녀의 눈빛은 그 앞을 꿰뚫어 버릴 듯 강렬했다. 당장에라도 사람을 죽일 수 있는 용암 같은 감정이 그 속에서 춤추고 있었다.

그 눈을 본 용우는 기시감을 느꼈다.

'…그렇군.'

용우는 병원에서 깨어난 리사를 처음 보는 순간부터 그런 기분을 느꼈다.

그녀의 눈빛이 낯설지 않았다.

'너는 우리와 닮았어.'

어비스에서 수도 없이 보아온 눈빛이다.

사람을 살게 하는 것은 무엇일까?

사람들에게 질문하면 분명 뻔한 대답들이 나올 것이다.

꿈, 희망, 사랑, 동경… 기타 등등.

하지만 어비스의 각성자들은 그런 것으로는 살아갈 수 없었다.

단어를 나열해 놓기만 해도 반짝반짝 빛나 보이는 것들은 그들이 누릴 수 있는 가치가 아니었다.

그들을 살게 한 것은 두려움이었다.

책임감이었다.

그리고 증오였다.

세상 사람들은 증오는 아무것도 낳지 못한다고 가르친다.

그러나 때로 사람은 무언가를 미워함으로써 살아갈 수 있다.

비록 그 끝이 새카맣게 불타 스러지는 것이라 할지라도, 적어도 무엇인가를 증오하는 동안에는 오늘을 살아갈 수는 있다.

꿈도, 희망도, 사랑도 오늘을 살아가는 데 도움이 되지 않는다면……

증오가 빛나는 것들보다 가치 있는 오늘도 있는 것이다.

어비스의 사람들은 그런 오늘을 살아가다가 죽었다.

"내가 네게 복수하는 법을 가르쳐 준다면……."

리사의 눈을 바라보던 용우가 물었다.

"넌 내게 무엇을 해줄 수 있지?"

"무엇이든."

리사는 단 1초도 망설이지 않고 대답했다.

"제게 바라시는 것은 무엇이든 해드리겠어요. 제 손으로 복수할 수 있다면, 이 목숨이라도."

그 말을 듣는 순간, 용우의 입꼬리가 치켜 올라갔다.

'역시 닮았어.'

그녀는 자신들과 닮았다.

먼 앞날 따위는 생각하지 않는다. 꿈도, 희망도, 동경도 모두 부서진 지 오래다.

돌아볼 것도, 그리워할 것도 흐릿해져서 오직 미움만으로 앞을 향할 뿐.

"좋아."

그래서 용우는 그녀의 손을 잡아주었다.

"알겠으니까 일단 일어나. 다른 사람이 보면 내가 경찰에 신고당할지도 모르니까."

"네."

리사는 그 말을 듣자마자 재빨리 일어났다.

용우는 그녀를 앞좌석에 태우고 차를 출발시켰다.

"조만간 트레이닝 센터에 가보자. 네 소질과 적성을 파악하는 게 우선이니까."

"네."

3

지난 한 달 반 동안 용우는 꾸준히 리사를 찾아가서 대화를 나누었다.

리사는 몸 상태가 회복되자 처음에는 말하기 어려워하던 사실들을 조금씩 이야기했다.

자신의 과거에 대해서는 언급을 꺼렸지만 어쩌다가 팬텀에 납치되었는지, 그곳에서 무슨 일을 당했는지에 대해서는 최대한 자세한 정보를 전달하려고 노력했다.

도시 변두리의 지저분한 식당에서 잡일을 하던 리사가 아니마에 중독된 경위는 사장이 직원들에게 매일 아침 나눠주는 건강 음료였다.

거기에 소량의 아니마를 풀어 나눠줘서 의존성을 갖게 만들고, 시간을 들여서 특이체질을 찾아냈던 것이다.

그들이 어떻게 특이체질을 판별하는지는 모른다.

어쨌든 그들은 리사를 납치해서 실험실이 있는 아지트로 데려갔고, 온갖 실험을 자행했다.

"그 아지트가 어딘지는 모르겠어요. 중간중간 다른 곳으로 옮겨지기도 했는데 바깥을 본 적은 한 번도 없어요."

리사가 자신이 반년 동안이나 납치되어 있었다는 사실을 알게 된 것은 용우에게 구출된 후였다.

팬텀에게 붙잡혀 있는 동안에는 한 번도 바깥을 본 적이 없었다.

얼마나 시간이 흘렀는지 알 수 없었고 약 기운 때문에 현실과 꿈을 분간하기 어려웠다.

현실이 마치 추상화처럼 무너져 내리고 생각을 포기하는 것만이 탈출구였던 시간 속에서, 갖가지 고통만이 그녀를 광기로 도피하지 못하도록 붙잡았다.

그러던 중 그녀는 '목소리'를 듣게 되었다.

마치 머릿속에 라디오 채널이 생겨난 듯 끊임없이 속삭이는 여럿의 목소리가 들려왔다.

때로는 함께 떠들었고, 때로는 혼자 떠드는 그 목소리들은 두서없었다.

리사의 내면에 있는 경험과 생각을 떠들어대는가 하면 전혀 모르는 일들을 떠들어대기도 했다.

그리고 그 목소리가 들린 시점부터 새로운 실험이 시작되었다.

이미 용우가 상대해 본 존재, 팔라딘과 셀레스티얼을 리사의 몸을 그릇으로 삼아서 구현하는 실험이었다.

"…그들은 저를 희귀 샘플이라고 불렀어요."

리사와 함께 모르모트 취급을 당했던 특이체질은 적어도 50명이 넘었다.

그들 대부분은 빈민층이거나 부랑자들이었다. 어느 날 갑자기 사라져도 아무도 신경 쓰지 않는 그런 사람들.

리사는 그들 중에서도 특별했다.

"그들이 이렇게 말했던 것을 기억해요. 저는 셀레스티얼 샘플

이상이 될 수 있는 존재라고. 어쩌면 성좌의 힘을 고스란히 구현할 수 있는 그릇일지도 모른다고……."

유감스럽게도 리사의 기억은 뚜렷하지 않거나 앞뒤가 안 맞는 부분들이 많았다.

그녀가 겪은 일을 생각하면 당연했고, 사실 그녀가 그 기억을 세세하게 들려준 것만으로도 놀라운 일이었다.

리사는 8개월간을 회상하는 것만으로도 괴로워했다. 감정 상태가 불안정해지고 호흡이 흐트러지는 일은 예사였다.

하지만 용우가 그만 됐다고 할 때마다, 그녀는 시퍼런 눈빛으로 고개를 저었다.

반드시 그 이야기를 용우에게 전해야만 한다는 사명감을 느끼는 것처럼.

한 번은 용우가 물어본 적이 있었다.

"왜 이렇게까지 하지? 물론 네가 이야기해 주는 것들은 귀중한 정보지만… 널 괴롭히면서 듣고 싶지는 않아. 시간이 지난 후에, 괜찮다는 생각이 들면 그때 이야기해 줘도 돼."

그것은 용우의 진심이었다. 용우는 자신에게 선의를 가진 사람을 괴롭혀 가면서 정보를 쥐어짜낸다는 사실에 죄책감을 느꼈다.

그 말에 리사는 고개를 저었다.

"은혜를 갚고 싶어서만은 아니에요."

그녀는 끔찍한 기억을 떠올리고 울먹이면서도 똑바로 말했다.

"매일 밤… 목소리가 들려요."

리사를 괴롭히는 것은 머릿속에 라디오 채널처럼 끊임없이 울려 퍼졌던 그 목소리들이 아니었다.

그 목소리들로부터 해방되어 잠든 그녀는 자신이 예전에 알았던 얼굴들을 보았다.

같은 곳에 갇혀서 같은 괴로움을 겪었고, 결국은 하나둘씩 사라져 갔던 사람들.

매일 밤 잠들면 그런 사람들의 목소리가 들렸다.

악몽이 아니었다.

함께 괴로워하고, 함께 절망했던 시절… 서로 통성명을 하고 두서없는 대화를 나누며 아주 작은 위안을 얻을 수 있었던 시간의 목소리가 되살아났다.

과거의 단편 속을 헤매다가 깨어날 때마다 리사는 눈물을 흘리고 있는 자신을 발견했다.

그럴 때면 텅 빈 가슴을 분노와 증오가 새카맣게 채워서, 스스로가 가만히 웅크리고 있는 것을 용서할 수 없었다.

"한 놈도 남김없이 죽여 버리고 싶어요, 다. 이 손으로 직접……!"

리사는 자신을 괴롭혔던 자들에 대한 살의를 불태웠다.

용우는 참을성 있게 그녀의 이야기를 듣고 필요한 정보를 맞춰보았다.

'지금까지의 정보를 종합해 보면 구세록의 계약자들은 오로지 게이트 안에서 죽은 각성자의 시신을 통해서만 완벽하게 스스로를 구현할 수 있다.'

생체 실험으로 만들어낸 그릇은 팔라딘과 셀레스티얼을 구현하는 것에 그친다.

하지만 리사가 힘들게 끄집어낸 기억들을 이어 붙여보면, 그녀는 다른 실험체와는 달리 거의 완벽하게 구세록의 계약자의 힘을 구현해 낼 수 있었던 것으로 보인다.

'뇌와 심장을 마력 기관화 하는 것에서 그치지 않는다. 그것이 조건이었을 가능성이 높다.'

리사는 놀라운 존재다.

전후 사정을 모르고 보면 좀 특이한 각성자로밖에 안 보일 정도였으니까.

'놈들은 인공적으로 각성자를 만들어내는 데 성공했다. 하지만 안정적으로 만들 수 있는 건 아닌 것 같아. 리사는 우연의 산물일 가능성이 크지. 리사 하나만은 아닌 것 같지만……'

리사는 마력 기관이 있는 데다 팔라딘으로 변했던 실험체처럼 뇌와 심장이 마력 기관화 되어 있기까지 하다.

그런 그녀는 어쩌면 각성자 튜토리얼을 통해서 배출되는 각성자들보다 더 우수한 존재인지도 모른다.

'스펠만 주어진다면, 다른 각성자들보다 훨씬 뛰어난 헌터가 될 수 있을지도 모르지.'

각성자 튜토리얼에 소환되지 않았던 리사에게는 스펠이 없다.

하지만 용우에게는 그녀에게 스펠을 줄 수단이 있었다.

'투자할 가치는 충분해.'

리사가 충분한 전투 능력을 갖춘다면, 용우는 괜찮은 팀원을 얻게 될 것이다.

용우는 자신에게 익숙한 눈빛을 가진 리사가 마음에 들었다.

그래서 그녀가 부디 자신의 기대에 부응해 주기를 바랐다.

＊　　　　＊　　　　＊

서우희의 생활은 오랫동안 실종되었던 오빠, 서용우가 돌아온 후로 많이 달라졌다.

그녀는 병원을 그만두고 입시학원에 다니고 있었다.

병원에 다니는 동안에도 꾸준히 공부를 해왔기 때문에 입시학원 진도를 따라갈 수는 있었지만 쉬운 일은 아니었다.

올해로 30세가 된 늦깎이 수험생이라 그런지 모의고사 풀이에서 성적 상위권에 들기가 쉽지 않았던 것이다.

게다가 한창 공부에 전념해야 하는 그녀의 신경을 건드리는 일이 계속 생기고 있었다.

"오빠."

학원 수업을 마치고 나온 우희는 자신에게 손을 흔드는 용우를 발견했다.

"수업 끝났어?"

"응. 어쩐 일이야? 일은 잘 끝난 거야?"

"깨끗하게 끝났어. 오늘이 리사가 퇴원하는 날이거든. 병원 들러서 리사 데리고 이쪽으로 온 거야."

"아, 그게 오늘이었어?"

우희가 자신의 날짜 감각이 망가졌음을 깨달을 때였다.

"우희는 제가 데려갈 거니까 오늘은 퇴근하셔도 좋습니다."

용우가 우희를 따라 나온 키가 큰 젊은 여자를 보고 말했다.

그러자 그녀가 정중하게 고개를 숙였다.

"알겠습니다. 그럼 내일 아침에 다시 모시러 가겠습니다."

"수고하셨어요. 내일 봐요."

우희가 인사하자 그녀가 미소로 받고는 몸을 돌려 걸어갔다.

그녀는 용우가 우희를 보호하기 위해 고용한 경호원이었다.

팬텀과 충돌했을 때, 용우는 구세록의 계약자들이 자신의 정체를 알고 있음을 알게 되었다.

제로가 서용우이며, 0세대 각성자임을 안다.

그렇다는 것은 우희가 그의 유일한 혈육이라는 것도 알고 있다는 뜻이다.

이미 용우와 그들은 확실한 적이다.

용우는 그들이 자신을 뜻대로 움직이기 위해서 우희를 인질로 잡는 상황을 상정하지 않을 수 없었다.

그래서 한동안은 무조건 우희와 붙어 다녔다.

입시학원에 갈 때도 집에 돌아가지 않고 학원 1층의 카페에서 대기했을 정도다.

여유가 생긴 것은 백원태가 경호업체를 수배해 준 덕분이었다.

자신이 있을 때는 상관없지만, 우희가 혼자 있는 시간에는 반드시 경호원들이 따라다니게 하였다.

8명이 한 팀을 이루어 우희를 경호하고 있으며, 일반인으로 위장하고 우희와 함께 입시학원에 등록하기까지 한 젊은 여성 경호원은 각성자이기도 했다.

'최악의 경우에도 시간 벌이 정도는 해주겠지.'

단순히 범죄 조직의 일원들이 습격해 오는 정도라면 확실히 대처할 수 있을 것이다.

하지만 만약 강력한 각성자나 혹은 팔라딘 같은 존재가 우희를 노린다면?

그런 때는 아무리 실력이 뛰어난 경호원이라도 우희를 지킬 수 없으리라. 그래서 용우는 거기에 대해서는 따로 대책을 세워 두었다.

'놈들의 움직임이 굼떠서 다행이야.'

용우는 미켈레를 죽인 이후로 신경이 잔뜩 곤두서 있었다.

언제 어디서 놈들의 마수가 뻗어 올지 모른다.

그런 생각으로 대처 방안을 고심했던 것이다.

하지만 다행히도 용우가 준비를 갖추는 동안 구세록의 계약자 중 다른 놈이 공격해 오는 일은 없었다.

"왜?"

문득 우희가 의아해하며 물었다.

용우가 자신을 미안해하는 웃음을 지은 채로 바라보았기 때문이다.

"미안하다."

"왜 또? 사고라도 쳤어?"

"그런 건 아니고… 나 때문에 네가 귀찮아졌으니까."

용우가 돌아오기 전까지만 해도 우희는 평범한 사람이었다.

물론 각성자이고, 병원에서 힐러로 일하는 고소득자이기는 했지만 생활 전반에 있어서 남들과 크게 다를 게 없었다.

하지만 용우가 돌아오고 나서부터 그녀의 삶은 급격히 달라졌다.

용우가 배틀 힐러로 언론에 주목받자 가족인 우희를 귀찮게 하는 것들이 나타났고, 용우가 구세록의 계약자들과 적대하는 바람에 하루 종일 경호원들이 붙어 다니게 되었다.

그리고 의대 입시를 위한 공부에만 전념할 수도 없었다.

가끔씩 용우와 함께 트레이닝 센터에 들어가서 용우에게 받은 전투적인 능력을 다루는 법을 훈련해야 했다. 훈련해 두지 않으면 유사시에 대비할 수 없으니 어쩔 수 없는 일이다.

이 모든 일들이 우희에게 있어서는 크나큰 스트레스일 것이다.

하지만 그녀는 미안해하는 용우에게 어른스럽게 웃어주었다.

"뭘 새삼스럽게. 괜찮아. 조금만 참으면 오빠가 처리해 줄 거잖아?"

우희가 용우의 어깨를 두들겨 주며 웃었다.

용우가 쓴웃음을 지었다.

"물론 그럴 거야."

"그럼 됐어. 어차피 요즘 세상이 워낙 험하잖아. 밤에 여자 혼자 돌아다니려면 좀 무섭기도 했는데 잘됐지. 그리고 경숙 씨가 워낙 능숙해서 부담도 별로 안 느끼고."

우희를 밀착 경호하고 있는 여성 경호원 김경숙은 북한 난민 출신으로 군 경험이 있는 인물이었다. 그녀는 우희의 지인으로 위장해서 입시학원을 다니는 것은 물론이고 외출 시에는 어딜 가든 일행으로 따라다녔다.

다른 경호원들도 일반인으로 위장하는 것은 마찬가지지만 어느 정도 거리를 두고 경호를 하고 있다. 용우가 최대한 우희가 스트레스받지 않도록 배려해 달라고 요구했기 때문이다.

조건이 까다로운 만큼 경호 업계 평균보다 훨씬 많은 보수를 지불하고 있지만, 용우에게는 별로 큰 지출도 아니었다.

"안녕, 리사."

"아, 안녕하세요. 우희 님."

우희가 차에 타며 인사하자 리사가 작은 목소리로 인사했다.

"우희 님은 무슨. 그냥 언니라고 불러."

"아, 하지만……."

리사가 머뭇거리자 우희가 용우를 보았다. 용우가 어깨를 으쓱하더니 말했다.

"언니라고 불러줘. 그게 서로 편해."

그러자 우희가 물었다.

"오빠한테는 뭐라고 부르는데?"

"선생님이라고 부르기로 했어요."

"선생님?"

우희가 의아해하자 용우가 설명했다.

"리사는 각성자로서의 능력이 있으니까… 그걸 다루는 법을 가르쳐 주기로 했어."

"그래서 선생님? 하긴 오빠라고 부르는 것보다는 낫지. 서른 아홉 살 아저씨한테 스물두 살 아가씨가 오빠 소리를 하면… 어휴."

"……."

벌레 씹은 표정을 짓는 용우에게 혀를 쏙 내밀어 보인 우희가 말했다.

"오빠, 기왕 나온 김에 근처 쇼핑몰에라도 가자. 저녁도 먹고 리사 옷 쇼핑해야지."

"그럴까?"

확실히 리사와 앞으로 같이 생활하려면 쇼핑이 필요했다. 용우는 내비게이션이 알려주는 쇼핑몰을 향해 핸들을 틀었다.

✳   ✳   ✳

사실 용우의 아파트는 우희와 둘이서만 살기에는 너무 넓었다.

위치나 전망, 그리고 보안 등이 마음에 들어서 샀지만 관리는 좀 귀찮다고 생각하던 참이다.

그래서 리사가 같이 살게 되자 오히려 집안일하기가 편해졌다.

리사는 대부분의 시간을 집에서 보냈다. 자기 말로는 혼자 산 기간이 길었다고 하는데 정말 그랬는지 집안일도 능숙하고, 요리 솜씨는 용우나 우희보다 훨씬 나았다.

리사는 혼자서는 절대 밖에 나가지 않았다. 하지만 용우가 같이 나가자고 하면 별 거부감 없이 따라나섰다.

'아마 내가 있으면 안전하다는 심리적 안전망이 작용하는 거 겠지.'

리사는 언제 다시 팬텀에게 납치당할지 모른다는 두려움에 시달리고 있었다.

용우는 그런 리사를 데리고 트레이닝 센터로 들어갔다.

"으리으리한 곳이네요. 정말 이런 곳에서 머무르는 건가요?"

리사는 트레이닝 센터에 오자 주변을 두리번거리느라 정신이 없었다.

평소에는 약간 어두운 인상의 귀여운 소년처럼 보이는 그녀가 놀라고 신기해하는 모습은 용우를 미소 짓게 했다.

"딱히 일이 없으면 일주일 정도 머무를 거야. 그 정도면 기초적인 훈련은 마칠 수 있겠지."

트레이닝 센터에는 필요한 모든 것이 준비되어 있었다.

'지금은 페이즈3인데 과연 어디까지 성장할 수 있을까? 뭐, 성장 한계가 일찍 온다 해도 이제는 내가 특성을 이식해 주면 그만이지만……'

마력 기관이 페이즈18 수준까지 회복된 지금, 용우는 이제 마력 기관의 성장이 한계에 온 사람을 더 성장할 수 있도록 만들 수 있는 수단이 생겼다. 세상에 알려지면 발칵 뒤집어질 비밀이 계속 쌓이는 중이다.

용우는 리사에게 마력 시술을 시켜주고는 육체 훈련부터 마력 훈련까지 다양한 기초 훈련을 시켜보았다.

'재능은 꽤 좋다.'

그 결과 하루 만에 리사의 잠재력이 괜찮다는 사실을 알 수 있었다.

용우는 트레이닝 센터에 오기 전에 그녀에게 몇 개의 스펠 스톤을 주었다.

각성자가 헌터로 뛰기 위해서 반드시 필요한 전제 조건, 육체

강화 특성을 터득하게 하고 전투에 활용할 만한 기초적인 스펠들도 주었다.

그리고 그것들을 활용하는 법을 훈련시켜 보았는데, 결과는 꽤 쓸 만했다.

'얼마나 키울 수 있을지 해봐야겠지만… 기대해 봐도 되겠군.'

무엇보다 용우를 은인으로 생각하고 의지하고 있는 만큼 신뢰할 수 있다. 그 점이 큰 메리트로 다가왔다.

'신뢰할 수 있다……'

그런 생각을 하던 용우는 문득 자기가 많이 변했다고 느꼈다.

누군가를 믿는다니, 어비스에서는 상상도 할 수 없는 일이었으니까.

하지만 그가 있는 곳은 어비스가 아니다.

이곳은 선의로 사람을 대해도 되는 곳이다. 살의로 대할 필요 없는 수많은 사람들이 있고 누군가를 믿을 수 있는 세상이다.

그 사실이 왠지 편안해서, 용우는 자기도 모르게 웃고 말았다.

4

그렇게 3주가 지나 7월 말이 되었다.

용우는 배틀 힐러 서용우로서 일을 나와 있었다.

"포인트 42 클리어."

용우가 있는 곳은 재해 지역인 강원도였다.

강원도는 퍼스트 카타스트로피 이후 한반도에서 전술핵이 떨어졌던 지역 중 하나다.

그리고 10년이 지난 지금, 방사능 제거 기술이 실전 투입된 지 몇 년이 지났음에도 강원도는 여전히 무인 지대로 남아 있었다.

왜냐하면……

[암흑호랑이와의 거리는 17킬로미터. 현재까지 움직임 없음.]

8등급 몬스터 암흑호랑이가 자리 잡고 있었기 때문이다.

"살 떨리는군요."

용우 옆에서 그렇게 말한 군인은 박 소령이라고 했다. 하지만 계급에 비해서는 젊다. 많아봤자 20대 후반 정도인 것 같았다.

그것은 그가 대통령 직속의 특수부대 소속이기 때문이다.

각성자를 포함한 특수부대 '호랑이 날개'.

각성자들이 주축이 된다는 점에서 그들은 헌터 부대와도 비슷하다. 하지만 그들의 평시 임무는 헌터들과는 달랐다.

그들의 임무는 게이트를 제압하는 것이 아니다.

강원도처럼 한반도에 존재하는 몬스터 점령 지대의 상황을 파악하고 몬스터 개체수를 줄이는 것이 그들에게 부여된 임무였다.

8등급 몬스터가 자리 잡은 곳은 인간이 제대로 관리할 수가 없다.

당연히 그곳에 게이트가 출현하면 거의 100% 확률로 게이트 브레이크로 이어진다.

몬스터 점령 지대의 몬스터 개체수는 시간이 지나면 계속 늘어날 수밖에 없고, 중간중간 개체수를 줄이지 않는다면 그들은 서식지를 넓힐 것이다. 호랑이 날개 부대는 그것을 막기 위해 존재하는 부대였다.

그들은 필요하면 육해공 모든 부대의 지원도 받을 수 있는 막강한 권한을 지녔으며, 각성자들은 전원 대위 이상의 계급을 부여받았다.

또한 각성자 부대원들은 군인이면서도 매 작전 실적에 따른 인센티브를 마치 헌터 팀처럼 적용받아서 높은 수익을 올리고 있었다.

용우가 말했다.

"암흑호랑이는 주변에 신경을 안 쓰는 타입인가 보군요."

17킬로미터 떨어져 있다고는 하나 몇 번이나 격렬한 전투가 있었다.

저등급 몬스터는 50개체 넘게 잡았고 4등급 몬스터도 5개체나 잡았다.

그런데도 암흑호랑이는 아직까지 움직임을 보이지 않고 있었다.

박 소령이 말했다.

"15킬로미터가 마지노선입니다. 그 안쪽에서 전투를 벌였을 때는 100% 확률로 반응했습니다. 사실 지금도 아슬아슬하죠."

"흠······."

호랑이 날개 부대는 오늘 작전에서 욕심을 좀 부리고 있었다.

헌터 관리부를 통해서 용우를 불러들여서 참가시키자 사전에 설정한 목표보다 3할이나 높은 성과가 나오고 있었기 때문이다.

"하지만 대단하시군요. 아직 경력이 1년도 안 된 분이······."

용우가 보기에 호랑이 날개 부대의 각성자들 실력은 중하위

권 헌터 부대 정도 되는 것 같았다. 실제로 헌터로 뛰다가 스카우트되어 오는 케이스도 꽤 있다고 한다.

하지만 그들과 헌터 부대 사이에는 몇 가지 두드러지는 차이점이 하나 있었다.

일단 게이트 바깥에서 싸우는 게 전문이라 기본적인 전술 지침부터 차이가 났고, 헌터 부대가 게이트 제압 작전을 펼칠 때와는 전술 지원의 규모가 완전히 달랐다.

위성을 이용하는 것은 물론이고 필요하다면 항공, 그리고 해상에서의 원거리 포격까지 마음껏 지원을 갖다 쓴다.

'수익이 나면 좋긴 하지만 그게 목적이 아니다 보니 이럴 수도 있군.'

용우가 그 점을 흥미롭게 여길 때였다.

[용우 씨.]

그와 이곳까지 동행한 김은혜가 무전에 등장했다.

"무슨 일이지? 아직 작전 수행 중이다."

[당장 지휘부로 돌아와 주세요.]

"뭐?"

용우가 눈살을 찌푸렸다.

"무슨 일이지?"

[무전으로는 말할 수 없어요. 하지만 급한 일입니다. 최대한 빨리 돌아와 주세요. 이미 지휘관님에게 당신의 철수 허가를 받았습니다.]

그 말에 용우는 불길함을 느끼며 지휘부로 후퇴했다.

작전 지역에 깊숙이 들어와 있었지만, 호랑이 날개 부대원들을 놔두고 혼자서 속도를 내자 돌아오기까지 채 5분도 걸리지 않았다.

"이제 설명해 봐."

"잠깐만 이리로……."

김은혜가 용우를 다른 사람들과 멀리 떨어진 곳으로 데려가더니 작은 목소리로 말했다.

"여동생분이 습격당했어요."

"뭐?"

용우가 눈을 크게 떴다.

김은혜가 빠르게 말했다.

"습격한 그룹은 팬텀으로 추정. 경호원 중 2명이 사망했고 한 명은 중태. 지금은 시내 외곽에서 그들과 추격전을 벌이는 중이에요. 경찰이 뒤를 따르고 있는 중이고."

"휴대폰."

용우가 손을 내밀자 김은혜가 지휘부에서 맡아두고 있던 그의 휴대폰을 건네주었다.

"내가 또 알아둬야 할 사항은?"

김은혜는 무뚝뚝하게 묻는 용우의 목소리를 들을 때마다 소름이 끼쳤다.

그의 얼굴에 아무런 표정도 드러나지 않는다는 점이 오히려 더 무서웠다. 언제 폭발할지 모르는 폭탄을 앞에 둔 기분이다.

김은혜는 바짝 긴장한 채로 말했다.

"습격자 그룹의 목적은 아마도 여동생분을 납치하는 것으로 추정됩니다. 그리고 수송용 헬기 한 대를 이쪽으로 보내달라고 했으니 앞으로 10분 안으로⋯⋯."

"그건 됐어."

"네?"

김은혜가 당황했다.

이런 상황에서 헬기가 필요 없다니?

"우희의 위치 정보를 내 휴대폰으로 보내줘. 그리고 여기 뒷수습을 부탁하지."

"어쩌려고요?"

"헬기로는 늦어. 내가 알아서 간다."

용우는 그 말을 끝으로 작전지역에서 달려 나갔다.

―도약!

발을 구른 지점에서 빛의 고리가 발생, 그의 몸이 수십 미터 저편으로 날아올랐다.

"용우 씨, 잠깐만!"

김은혜가 당황해서 외쳤지만 용우는 순식간에 그녀의 시야 저편으로 사라져 갔다.

"아니, 아무리 당신이라도 강원도에서 서울까지 어떻게 헬기보다 빠르게 가겠다는 거야⋯⋯."

아직 용우의 능력을 다 알지 못하는 김은혜는 망연해져서 중얼거렸다.

*　　　　　*　　　　　*

집에서 나오기 전까지만 해도 평소와 다름없는 날이었다.

서우희는 아침 일찍 국방부의 의뢰를 받은 용우가 나가는 것을 배웅하고, 리사와 함께 집안일을 하다가 입시학원에 가기 위해서 나왔다.

그녀가 외출 의사를 알리자 김경숙이 차를 준비했고, 다른 경호원들이 다른 차에 타고 뒤를 따랐다.

입시학원 주차장에서 나오는 순간, 그 앞에 나타난 남자 하나가 총을 겨누었다. 그리고 얼어붙은 우희 옆에 있던 김경숙에게 쏘았다.

김경숙이 거기에 맞고 쓰러졌지만, 그녀는 방탄 소재의 옷을 입고 있었다. 또한 각성자라 몸이 초인적으로 튼튼했기에 금방 다시 일어났다.

경호 팀의 대응은 빨랐다.

뒤따라오던 다른 경호원들이 남자와 격투를 벌였다.

하지만 남자는 혼자가 아니었다. 2층에 숨어 있던 저격수의 공격에 경호원 한 명이 팔다리를 맞고 쓰러졌다.

우희가 움직인 것은 이때였다.

그녀를 중심으로 전개된 허공장이 추가적인 저격을 막아냈고, 우희는 그 틈에 쓰러진 경호원을 원격 치료 스펠로 응급처치했다.

용우는 우희에게 체외 허공장까지 주었던 것이다.

하지만 우희가 경호원을 치료하는 동안 사방에서 무장한 남자들이 쏟아져 나왔다.

다른 경호원들이 그들을 막는 동안 김경숙이 서우희를 데리고 달렸다.

서우희를 차에 태운 그녀는 그대로 주차장을 빠져나가서 도주하기 시작했고, 습격자들이 그 뒤를 따라서 추격전이 시작되었다.

'어떻게 이럴 수가 있어?'

우희는 갑자기 닥쳐온 일에 덜덜 떨면서도 현실감을 느끼지 못했다.

서울 한복판에서 총성이 울려 퍼지고 사람이 죽었다.

그리고 법 따위는 무서워하지 않는 듯한 미치광이들과 추격전을 벌이고 있다.

추격전은 생각보다 오래 계속되었다. 완전히 뿌리쳤다 싶으면 다른 루트로 따라온 차들이 다시 따라붙고, 다시 길을 이리 틀고 저리 틀어가면서 뿌리치는 일이 몇 번이고 반복되고 있었다.

"우희 씨, 꽉 잡아요!"

또 한차례 추격을 떨쳐내고 안도의 한숨을 내쉴 때, 김경숙이 다급하게 외쳤다.

끼이이이익!

시 외곽의 한적한 도로를 질주하던 그들의 차량이 급브레이크를 밟으면서 옆으로 미끄러졌다.

"이런……."

김경숙이 낭패한 표정을 지었다.

하늘에서 뚝 떨어진 것처럼 눈앞에 누군가 나타났기 때문이다.

현실감이 없는 광경이었다.

서울 한복판에 머리부터 발끝까지 전신을 빈틈없이 새하얀 갑옷으로 두른 존재가 길고 가느다란 지팡이를 들고 서 있다니.

콰직!

그리고 그가 지팡이를 휘두르자 자동차의 보닛이 일격에 뜯겨 나갔다.

김경숙은 재빨리 문을 열고 내려서 팔라딘에게 전기 충격 봉을 겨누었다. 한국에서는 경호원이 합법적으로 지닐 수 있는 무장이라고 해봤자 이 정도였다.

"아, 이런……."

문득 그녀는 옛 기억을 떠올렸다.

퍼스트 카타스트로피 때 몬스터들에게 집어삼켜진 북한을 탈출해서 남한으로 올 때의 일을.

벌써 13년 전의 일이다. 하지만 가족들과 함께 필사적으로 도망치던 그때의 기분은 지금도 생생하게 기억난다.

팔라딘은 말없이 다가오기 시작했다. 김경숙이 오른손으로 전기 충격 봉을 휘둘렀다.

텅!

팔라딘이 그것을 팔로 막아내는 순간이었다.

—마격탄!

김경숙의 왼손에서 발사된 에너지탄이 팔라딘을 강타했다.

콰앙!

증폭 탄두를 쓰지 않아도 마격탄은 일격으로 인간을 살해할 수 있는 위력이 있다.

김경숙은 마격탄을 쏘자마자 뒤로 물러나면서 제2격을 준비했다.

"아."

하지만 그녀는 곧 절망할 수밖에 없었다.

팔라딘이 아무렇지도 않게 걸어오고 있었기 때문이다.

—마격탄!

그리고 그녀를 향해 에너지탄을 쏘았다.

퍼어어어엉!

피할 수 없는 공격이었다. 김경숙은 자신이 죽었다고 생각했다.

'허공장? 우희 씨가 또?'

하지만 어느새 그녀를 감싸듯이 펼쳐진 허공장이 목숨을 지켜주었다.

김경숙이 놀라서 아직 우희가 타고 있는 차를 바라보았을 때였다.

콰직! 콰지직!

갑자기 주변에서 뭔가가 부서지는 소리가 들렸다.

당황한 듯 주변을 살핀 팔라딘은 곧 그것이 CCTV들이 부서지는 소리임을 알았다.

—용참격!

아무것도 없는 허공에 시퍼런 섬광의 궤적이 그어졌다.

섬광의 궤적이 그어지면서 팔라딘의 팔이 잘려 나갔다.

〈……!〉

전혀 예상치 못한 기습에 팔라딘에게서 당혹의 정신파가 흘러나왔다.

김경숙은 자기 앞에 나타난 사람을 보고는 깜짝 놀랐다.

"다, 당신은 누구죠? 어떻게 여기에?"

바깥에서는 안쪽이 보이지 않는 헬멧으로 얼굴을 감춘, 헌터용 배틀 슈트까지 갖춰 입은 사람이었기 때문이다.

"차 꼴을 보니 안에 들어가 있는 건 좀 위험할 수도 있겠군. 좀 떨어져서 대기하세요."

상대는 김경숙의 의문에 대답하는 대신 그렇게 말했다.

음성 변조기로 변조된 목소리의 주인은 바로 용우였다.

여기 오기 전, 제로로 활동할 때의 장비를 갖춘 것이다.

"그리고 당신의 경호 대상은 여기 없습니다."

"그게 무슨 말이죠?"

"무사히 피신시켰다는 말입니다. 전화 걸어보면 알 겁니다."

김경숙은 혼란스러웠다. 지금 이 상황을 도무지 이해할 수가 없었다.

하지만 상대는 설명해 줄 생각이 없는 것 같았다. 그리고 느긋하게 설명하고 있을 상황이 아니기도 했다.

"역시 네놈들은 간이 부었어."

용우가 팔라딘에게 한 걸음 다가가며 말했다.

이런 일이 있을지도 모른다고 생각했다.

그래서 경호업체도 고용하고, 특별한 대응책도 준비해 두었다.

공들여서 준비한 덫에 적이 멋지게 걸려들었으니 기뻐해야 할지도 모르겠다.

하지만 실제로 닥치고 나니 용우는 너무나 기분이 더러웠다.

"뒷일 생각 안 하고 막 나가면 다 무서워할 거라고 굳게 믿나 본데… 그 알량한 착각을 교정해 주지."

등장하기 전, 팔라딘의 주의도 끌 겸 CCTV를 파괴했다.

'사람은 없고.'

그리고 그 전에 차량의 블랙박스도 파괴해 두었으니 이제부터 하는 일이 영상으로 기록되는 일은 피할 수 있을 것이다.

"방해꾼이 오기 전에 끝내자."

용우가 팔라딘을 맹습했다.

『헌터세계의 귀환자』 4권에 계속…